17218
H

MEMOIRES

POUR SERVIR

A L'HISTOIRE

DES

HOMMES

ILLUSTRES.

TOME XXX.

MEMOIRES

POUR SERVIR

A L'HISTOIRE
DES
HOMMES
ILLUSTRES

DANS LA REPUBLIQUE DES LETTRES.

AVEC

UN CATALOGUE RAISONNÉ
de leurs Ouvrages.

Par le R. P. NICERON *Barnabite*

TOME XXX.

A PARIS,

Chez BRIASSON, Libraire, ruë S. Jacques,
à la Science.

M. DCC. XXXIV.

Avec Approbation & Privilege du Roy.

AVERTISSEMENT.

J'Aurois dû, suivant l'usage que j'ai observé jusqu'ici, remplir ce trentiéme volume de Corrections & d'Additions aux neuf précedens : mais celles qu'on m'a communiquées, & que j'ai decouvertes de moi-même, sont en si petit nombre, que j'ai mieux aimé les réserver pour une autre volume, & donner à leur place de nouvelles Vies.

Je l'ai fait d'autant plus volontiers, qu'il est temps de songer à terminer mon Ouvrage. Plusieurs personnes lasses de voir les volumes se multiplier si fort, aspirent à en voir la fin, & il est juste de les satisfaire. Je tâcherai donc dans les tomes suivans de rassembler les principaux Auteurs, dont je n'ai point encore parlé, afin que mon livre forme quelque chose de complet, & qu'on y trouve, conformément à son titre, tous ceux qui ont été illustres dans la Republique des Lettres.

On s'est avisé dans la réimpression de quelques Ouvrages, de met-

AVERTISSEMENT.

tre à la tête les vies des Auteurs, tirées de mon livre. Je ne puis y trou-
ver à redire, le Public, à qui je les
ai abandonnées, en peut faire ce qui
lui plaît. Mais je prie ceux qui les y
lisent, de ne pas mettre sur mon
compte tout ce qu'ils y trouvent.
La maniere dont on a mis celle de
Martial d'Auvergne dans la nouvelle édition de ses Arrêts d'Amour,
rend cet avertissement necessaire.
Non seulement on y a negligé les
additions essentielles que j'y ai faites, mais on y a encore inseré des
Calomnies atroces, qui ne peuvent
sortir de la plume d'un homme qui
a quelque probité & quelque honneur.

Des raisons particulieres m'avoient
empêché jusqu'ici de mettre mon
nom à ces Mémoires, mais comme
elles ne subsistent plus, il est inutile de supprimer ce que personne
n'ignore; ainsi il y paroîtra doresna-
vant.

MEMOIRES

MEMOIRES

POUR SERVIR

A L'HISTOIRE

DES

HOMMES

ILLUSTRES

DANS LA REPUBLIQUE des Lettres ;

Avec un Catalogue raisonné de leurs Ouvrages.

JEAN JOCONDE.

 EAN *Joconde* naquit à *Verone* vers le milieu du 15e. siecle.

S'étant fait Religieux de l'Ordre de *S. Dominique*, dans lequel il fut toûjours appellé *Frere Joconde*, il s'appliqua à la Philofophie & à la Théologie, &c

Tome XXX. A

fur tout à la langue Grecque, qu'il apprit parfaitement; ce qui étoit alors d'autant plus rare & plus estimable, que les lettres ne commençoient qu'à renaître en Italie.

Quelques Auteurs lui ont donné la qualité de Cordelier, suivant en cela l'erreur de *Joseph Scaliger*, qui le qualifie ainsi dans une lettre à *Douza*; mais il est sûr qu'il ne l'a pas été; le silence de *Luc Wading*, qui ne l'a point fait entrer dans sa Bibliotheque des Franciscains, joint à l'autorité des *Bibliothecaires* Dominicains, qui le mettent tous au nombre des leurs, en est une preuve suffisante.

Etant allé à *Rome*, il y fit une recherche très-particuliere de toutes les Antiquités, non seulement pour ce qui regarde l'Architecture & la Sculpture, mais aussi pour les Inscriptions, dont il composa un livre, qu'il envoya à *Laurent de Medicis*, qui l'aimoit. Car il s'appliqua à toutes ces Sciences, aussi bien qu'à la Peinture.

Son habileté dans l'Architecture, dont il donna des preuves par les édifices qu'il fit construire en plusieurs villes d'Italie , le fit rechercher par l'Empereur *Maximilien I.* qui le retint à sa Cour pendant plusieurs années.

Pendant le séjour qu'il y fit, il enseigna les langues Latine & Grecques, & ce fut alors qu'il eut pour Auditeur *Jules Cesar Scaliger.*

Il passa ensuite au service de *Louis XII.* Roi de France, qui lui fit faire divers Ouvrages. Ce fut lui qui bâtit le Pont Notre-Dame , dont la premiere pierre fut posée le 10. Juillet 1507. & le Petit-Pont ; & l'on mit à ce dernier ce distique , que *Sannasar* avoit fait à son honneur.

Jocondus geminum imposuit tibi, Sequana , pontem;
Hunc tu jure potes dicere Pontificem.

Budé , qui eut alors occasion de le frequenter , reconnoît qu'il fut son maître dans l'Architecture , qu'il lui expliqua les livres de *Vitruve ,* où il lui fit remarquer plusieurs fautes , que sa grande connoissance dans le Latin & dans le Grec lui avoit fait

J. Jo-
SONDE.

decouvrir, & que ce fut par son moyen, qu'on trouva dans une ancienne Bibliotheque de *Paris* la plus grande partie des Epitres de *Pline*, qui furent depuis imprimées par *Alde Manuce*.

Bramante, qui avoit la conduite de l'Eglise de *S. Pierre de Rome*, étant mort en 1514. le Pape chargea *Joconde* avec *Raphaël d'Urbin*, & *Julien de San-Gallo*, de faire achever ce que cet Architecte avoit commencé.

On ne sçait quand il mourut; il est sur cependant qu'il vécut assez long-temps, également estimé tant pour sa vertu & son merite particulier, que pour ses talens & sa capacité. Comme il marquoit dans l'édition de *Cesar*, qu'il donna en 1517. qu'il se proposoit de donner encore quelques Ouvrages au Public, & qu'on n'a rien vû de lui depuis ce temps-là, on peut presumer qu'il n'alla pas beaucoup au delà de cette année.

Catalogue de ses Ouvrages.

1. *C. Plinii secundi Cæcilii Epistolarum libri decem ex Cod. MS. à Jo. Jocundo recogniti. Bononiæ 1498. in-4°.* Cette édition a été conduite par

Philippe Beroalde. It. *Venetiis. Aldus.*
1518. *in-*8°.

2. *M. Vitruvius per Jocundum ſo-
lito caſtigatior factus cum figuris & tabula, ut jam legi & intelligi poſſit. Venetiis* 1511. *in-fol.* It. *Florentiæ* 1513.
& 1522. *in-*8°. Joconde eſt le premier
qui ait commencé a donner l'intel-
ligence de cet Auteur ; il a dedié ſon
édition au Pape *Jules II.*

3. *C. Julii Cæſaris rerum à ſe geſta-
rum Commentarii. De bello Gallico libri octo. De bello Civili Pompeiano libri tres. De bello Alexandrino, Aphri-
co, Hiſpanienſi libri tres. Omnia col-
latis vetuſtis exemplaribus, tam ſcriptis
quàm impreſſis accurate emendata. Pic-
tura totius Galliæ ab Aldo Manutio,
pontis in Rheno, Avarici, Alexiæ,
Uxelloduni, Maſſiliæ, per Jucundum
Veronenſem, ex deſcriptione Cæſaris,
una cum ejuſdem Jucundi editoris ob-
ſervationibus ad marginem & indice
copioſo. Venetiis. Aldus.* 1517. *in-fol.*
It. *Baſileæ* 1521. *in-fol.* It. *Pariſ.
Mich. Vaſcoſan.* 1543. *in-fol.* Lorſque
Joconde publia cet Auteur à *Veniſe*
en 1517. il marquoit qu'il étoit déja
d'un âge, à ne pouvoir pas promet-

J. JO-
CONDE.

tre beaucoup d'autres choses, quoiqu'il eût formé encore quelques desseins.

4. *Sexti Julii Frontini de Aquæduc-*
tibus libri duo, à Jucundo ad MSS.
Cod. recogniti. Florentiæ 1513. & 1522.
*in-*8°. Avec le Vitruve de *Joconde.*
Les Bibliothecaires des Dominicains
ont omis cette édition, & lui ont
substitué celle de l'Ouvrage de *Fron-*
tin de Stratagematibus, qu'il n'a pas
donnée. L'autorité de *Vossius* qu'ils
alleguent, pour lui attribuer cette
derniere, ne peut être d'aucun usage, puisque cet Auteur dit seulement
dans le lieu cité, qu'il a donné *Fron-*
tin ; ce qui doit s'entendre des livres
de Aquæductibus.

5. *M. Porcius Cato Censorius de re*
Rustica ; additis Varronis, Columellæ
& Palladii libris ejusdem argumenti.
Venetiis 1514. *in-*8°. Avec une Epitre
dedicatoire, qui a été conservée dans
quelques Editions posterieures.

6. *André Schott* nous apprend au
commencement de ses notes sur l'E-
pitome d'*Aurelius Victor*, que Joconde avoit donné à *Verone* la premiere édition de cet Auteur, qui

étoit la meilleure de toutes ; mais il   J. Jo-
n'en marque point la date. Les Bi-   conde.
bliothecaires des Dominicains n'en
parlent pas.

V. *Sa vie par George Vaſari dans*
ſes vies des Peintres. Felibien, Entre-
tiens ſur les vies des Peintres tom. 2.
Scriptores Ordinis Prædicatorum, tom.
2. p. 36. Maffei, Verona illuſtrata.

JEAN DARTIS.

JEAN *Dartis* naquit à *Cahors* l'an   J. Dar-
1572. de *Pierre Dartis*, Bourgeois   tis.
de cette ville, & de *Bourgoine d'An-*
dral.

Après avoir fait ſes Humanités au
College des Jeſuites de *Cahors*, il
fut envoyé à *Rhodez*, pour y étudier
en Philoſophie. Il contraĉta en ce
lieu une étroite amitié avec *Jean Gre-*
goire Tariſſe, qui étoit alors Prieur de
Ceſſenon, petite ville du bas Langue-
doc, & qui fut depuis premier General de la Congrégation de *S. Maur.*

Son cours de Philoſophie étant fini, il ſe retira avec cet ami à *Ceſſe-*
non, où ils s'appliquerent enſemble

A iiij

J. DAR- pendant trois ans à l'étude des Bel-
TIS.   les-Lettres.

De retour à *Cahors*, il y étudia
en Droit, & reçut le degré de Bachelier en cette Faculté.

Quelque temps après *Tariſſe* ayant
un procès au Parlement de *Toulouſe*
pour ſon Prieuré de Ceſſenon, le fit
venir dans cette ville, pour l'aider
de ſes Conſeils.

Dartis y continua ſes études de
Droit ſous les fameux Profeſſeurs,
qui y enſeignoient, & principalement ſous *Guillaume Maran*, s'y appliqua auſſi à la Théologie, & y prit
le bonnet de Docteur en l'une & l'autre Faculté.

Il y fit connoiſſance avec le Premier Préſident *de Verdun*, qui con-
çut de l'eſtime & de l'affection pour
lui; & il ſuivit ce Magiſtrat à *Paris*,
lorſqu'il fut nommé Premier Préſident du Parlement de cette ville en
1612.

L'attachement qu'il eut pour lui,
l'empêcha d'accepter des emplois
conſiderables, qu'on lui offrit alors,
& il demeura toûjours auprès de lui
juſqu'à ſa mort, qui arriva en 1627.

Une Chaire d'Antecesseur ayant J. DAR-
vaqué à *Paris* par la demission de *Ni-* TIS.
colas Oudin, Dartis la disputa & l'obtint. Il en prit possession le 29. May
1618.

Hugues Guijon, Doyen de la Faculté de Droit, & Professeur Royal
en Droit Canon, étant mort en 1622.
Dartis fut choisi pour lui succeder.
Ses lettres Patentes sont datées du
12. Janvier 1623.

Ces deux emplois ne purent le de-
terminer à abandonner le Premier
Président *de Verdun*, son Protecteur:
ce ne fut qu'après sa mort, que deve-
nu en quelque maniere son maître,
il se livra tout entier à la Jurisprudence.

Il soutint tant qu'il put l'honneur
de la faculté de Droit de *Paris* ; & ce
fut lui qui fit venir d'*Orleans* en
1644. *François Florent*, celebre Professeur, pour enseigner à *Paris*.

Il mourut le 21. Avril 1651. âgé
de 79. ans, & laissa *Jean Doujat* pour
Successeur dans ses deux Chaires de
Droit.

Il legua par son Testament vingt-
mille livres à la Faculté de Droit de

Paris, fit quelques autres Legs à ses amis, & laissa le reste de ses biens aux Benedictins de la Congrégation de *S. Maur*.

Peu de temps après son arrivée à *Paris*, on lui offrit quelques benefices, mais il les refusa, apparemment parce qu'il avoit quelque dessein de se marier; mais ayant dans la suite pris le parti du Celibat, il en posseda quelques-uns.

Dartis avoit beaucoup lû, beaucoup étudié, & fait beaucoup de Recueils. Il s'est servi utilement de ses Recueils, pour composer ses Ouvrages, qui ne sont presque qu'un tissu de passages, de Canons, de Decretales, d'Ouvrages des Peres, & de Canonistes. Il se sert aussi du Droit-Civil, & des Auteurs prophanes en divers endroits. Il a fait quelquefois des observations curieuses & recherchées; mais souvent il ne dit rien que de commun & de connu de tous ceux qui ont quelque lecture. D'ailleurs il n'est pas toûjours heureux ni judicieux dans ses conjectures, & il lui arrive bien des fois de citer des passages, qui ne prouvent

pas ce qu'il pretend. Il est cependant J. DAR-
très-loüable pour son assiduité au tra- TIS.
vail, & ses Ouvrages font utiles par
le grand nombre de matieres & de
passages qu'ils contiennent. Son stile
est simple & sans ornement ; mais
assez pûr & très-intelligible. C'est le
jugement que M. *du Pin* porte de cet
Auteur.

Catalogue de ses Ouvrages.

*Joannis Dartis Opera Canonica in
tres partes divisa, edente Joanne Dou-
jatio. Pariș.* 1656. *in-fol.* Doujat, qui
a été l'Editeur de ces Ouvrages, a
mis à la tête la vie de l'Auteur ; &
cette vie, qui est de sa façon, se trouve aussi dans un Recueil intitulé :
*Vitæ Clarissimorum Jureconsultorum ex
recensione Christiani Gottlieb Buderi.
Jenæ* 1722. *in-*12. Les Ouvrages de
Dartis, qu'on trouve ici, font les suivans.

1. *Commentarii in universum Gra-
tiani Decretum, tres in partes distincti.*
Ces Commentaires, qui font la premiere partie du Recueil, renferment
entre autres choses trois Traités ; le
premier, des Conciles à la p. 53. le
second, de la Penitence p. 360. & le

J. Dar-troisiéme, de l'Euchariftie, p. 460.

TIS.   2. *Tractatus de Beneficiis Ecclefiafticis.* Ce Traité fait la feconde partie du Recueil. La troisiéme à pour titre : *Opufcula varia, potiffimum Canonica,* & contient les pieces fuivantes.

3. *Liber fingularis de ftatu Ecclefiæ tempore Apoftolorum.* Cet Ouvrage avoit déja été imprimé à *Paris* l'an 1634. *in-8°.*

4. *Tractatus de Hierarchia Ecclefiaftica enucleanda. Parif.* 1639. *in-8°.*

5. *Tractatus de Canonica Ecclefiæ difciplina circa Pœnitentiam ejufque veteres ritus juxta Doctrinam Juris Pontificii. Parif.* 1625. *in-8°.*

6. *Animadverfiones in Annales Ecclefiafticos Cæf. Baronii Card. & Ifaaci Cafauboni Animadverfiones. Parif.* 1616. *in-8°.* Ce n'eft qu'un Effai des remarques critiques, qu'il vouloit donner fur ces deux Auteurs ; mais il n'a pas été plus loin.

7. *Differtatio de Jure Naturali, Gentium, & Civili. Parif.* 1622. *in-8°.* Cette differtation eft tirée d'un Commentaire de *Dartis* fur les quatres livres des Infituts de *Juftinien,* qui n'a pas été imprimé.

8. *Athleta Christianus.* Cet opuscu- J. DAR-
les est de l'an 1615. L'Auteur y exa- TIS.
mine pourquoi on a donné le nom
d'Athletes aux Chrétiens.

9. *Præfatio in aperiendis scholis ha-*
bita: De recta docendi & discendi ra-
tione, & quod Artes nec scindi, nec
in compendia traduci, sed labore & le-
gitimo tempore ab Autoribus & scripto-
ribus earum de integro debent disci &
sine frustratione doceri. Ce discours est
de l'an 1647.

10. *Epistola ad Urbanum VIII. P.*
M. pro Facultate Juris Pontificii in U-
niversitate Parisiensi. Elle est de l'an
1623.

11. *Querela Fati inofficiosi, seu de*
vindiciis virtutis à mala fortuna & de
inimicitiis inter Musas & Paupertatem.
Paris. 1625. in-8°.

12. *Libellus supplex pro Regiis Pro-*
fessoribus, ad Ill. V. D. Nicolaum de
Bailleul.

13. *Libellus de Urbicariis & suburbi-*
bicariis Regionibus & Ecclesiis. Paris.
1620. in-8°.

Ce sont là tous les Ouvrages contenus dans le Recueil publié par *Dou-*
jat. Dariis a fait encore les suivans,

J. DAR- qui ne s'y trouvent pas.
TIS.

14. *Ludovicus Decennis, sive Pane-gyricus in Ludovicum XIII. Galliarum Regem. Paris. 1611. in-8°.*

15. *Discours sur le secours demandé au Roi par l'Empereur. Paris 1620. in-8°.*

16. *Liber singularis de Consanguini-tate & Affinitate. Paris. 1623. in-8°.*

17. *Libri tres de Ordinibus & Dig-nitatibus Ecclesiasticis, in quibus bre-viter respondetur ad Apparatum & Tractatum Claudii Salmasii de Prima-tu Petri. Paris. 1648. in-4°.*

V. *Sa vie par Jean Doujat.*

GUILLAUME DES AUTELS.

G. DES
AUTELS.

GUILLAUME *des Autels*, com-me *du Verdier* & *la Croix-du-Maine* l'écrivent, ou *des Autelz*, comme il l'écrivoit lui-même, na-quit vers l'an 1529. à *Montcenis* en Bourgogne, de *Syacre des Autels*, Gentilhomme de ce pays, dont il a fait l'Epitaphe en ces termes.

*Appren, Passant, quel fruyt avec los
Porte vertu ; celui duquel les os*

Gisent ici, la suivit tout son âge:
Qui en mourant laissa à son fils seul
La pouvreté, les affaires, le deul,
Et bon renom, pour tout son héritage.

Il étoit parent de *Pontus de Tyard;* & il nous apprend à quel degré, lorsque dans une Ode qu'il lui adresse, il lui dit:

> *Etienne ton ayeul, frere*
> *D'Anne mere de ma mere.*

Il avoit un Château à *Vernoble,* près de *Bissy* dans le Charolois, *non tant riche que noble.* C'est ainsi qu'il le qualifie.

Il étudia pendant quelque temps en Droit à *Valence;* mais on ne sçait point quel usage il fit de cette science. La Poësie Françoise fit le principal objet de son occupation, cependant il y réussit mal. Il sçavoit du Latin & du Grec, & ce lui fut occasion de mêler dans ses vers trop d'érudition à l'exemple de *Ronsard,* qu'il appelle son ami. D'ailleurs son stile est extrêmement embarrassé, & peu naturel, & on a assez souvent beaucoup de peine à l'entendre; mais on n'y perd rien, tout ce qu'on a de lui, ne contenant que des choses fort

G. DES
AUTELS.

communes & fort triviales.

Il avoit une maîtreſſe, qu'il appelle ſa Sainte, & pour laquelle il declare par tout qu'il n'a qu'un amour pur, ſpirituel & Platonique. Il nous apprend dans ſon *Amoureux repos*, qu'elle ſe nommoit *Yſe*, & qu'elle demeuroit à *Romans* dans le Dauphiné. Peut-être étoit-ce une maîtreſſe imaginaire, qu'il s'étoit forgée pour pouvoir ſatisfaire la paſſion qu'il avoit de verſifier.

Au reſte on voit par le même Ouvrage, imprimé, lorſqu'il n'avoit encore que 24. ans, qu'il étoit alors marié, & que ſa femme ſe nommoit *Jeanne de la Bruyere*.

On ignore les particularités de ſa vie, & il ne nous eſt connu que par ſes Ouvrages, que cependant on ne lit plus à preſent, quoique quelques curieux les recherchent moins pour leur merite que pour leur rareté, & qu'on peut mettre au nombre de ceux qui ne ſont bons à rien.

Les derniers qu'on ait de ſa façon ſont de l'an 1560. Cependant *la Croix-du-Maine* dit qu'il floriſſoit l'an 1570. & qu'il ne ſçavoit point,
s'il

s'il étoit encore vivant en 1584. lorfqu'il publia fa *Bibliotheque Françoife.*

Catalogue de fes Ouvrages.

1. *Le mois de May de Guillaume
des Autels. Lyon. Olivier Arnoullet.*
Il compofa ce petit Ouvrage, qui eft
en vers, dans fa jeuneffe, comme le
marque *du Verdier.*

2. *Traité touchant l'ancienne Ecriture de la langue Françoife & de fa
Poëfie, contre l'Ortographe des Mey-
gretiftes. Lyon. in-16.* Cet Ouvrage a
été imprimé fous le nom de *Glaumalis de Vezelet,* qui eft l'Anagram-
me de *Guillaume des Autels,* & tend
à refuter un livre de *Louis Meigret,*
qui vouloit introduire une nouvelle
Ortographe. Ce dernier lui repondit
dans un fecond livre, qu'il intitula :
*Defenfes de Louis Meigret touchant fon
Ortographe Françoife, contre les Cen-
fures & Calomnies de Glaumalis. Paris 1550. in-4°.*

3. *Repos de plus grand travail. Lyon.
Jean de Tournes 1550. in-8°.* pp. 141.
Il marque dans fa preface que ce font
ici les Poëfies qu'il a compofées depuis fa 15°. année jufqu'à fa 20. On

Tome XXX. B

voit dans ce Recueil d'abord diverses sortes de Poësies ; ensuite p. 62. un *Dialogue moral* en vers, dont les personnages sont : Vouloir divin, Ignorance, le Temps, Verité ; enfin p. 97. un autre *Dialogue moral*, aussi en vers, *sur la devise de M. le Rev. Cardinal de Tournon*, Non quæ super terram, *joué à Valence devant lui le Dimanche de My-Carême* 1549. Les personnages sont : le Ciel, l'Esprit, la Terre, la Chair, l'Homme. *Des Autels* étudioit apparemment dans ce temps-là en Droit.

4. *Fanfreluche & Gaudichon, Mythistoire baragouyne, de là valeur de dix Atomes, pour la recreation de tous bons Fanfreluchistes.* Lyon. Jean Diepi *in-8°.* Jean Diepi est le nom renversé de l'Imprimeur *Jean Pidier*, qu'on prononçoit *Pidié*. It. *Rouen. Nicolas l'Ecuyer. in-16.* d'environ cent pages. *Des Autels* composa cet Ouvrage pendant son séjour à *Valence*, à l'imitation du *Pantagruel* de *Rabelais* ; mais il n'y ressemble en rien ; & si c'en est une copie, c'en est certainement une fort mauvaise ; car rien n'est plus plat ni plus fade.

5. Replique de Guillaume des Autels G. DES
aux furieufes defenfes de Loüis Mei- AUTELS.
gret. Avec la fuite du Repos de l'Au-
teur. Lyon 1551. *in*-8°. pp. 127. La
replique produifit un nouvel Ouvrage de *Meigret*, qui y oppofa la même année une *Reponfe à la dezefperée*
replique de Glaomalis de Vezelet, trans-
formé en Gyllaome des Aotels. Ce fut
par-là que finit leur difpute. *La fuite*
du Repos de plus grand travail, qui
commence à la p. 75. contient de
nouvelles Poëfies diverfes, du même goût que les précedentes.

6. Amoureux Repos de Guillaume
des Autels, Gentilhomme Charolois.
Lyon 1553. *in*-8°. pp. 150. non chif-
frées. On voit à la tête fon Portrait,
au tour duquel il eft marqué, qu'il
avoit alors 24. ans. Celui de fa maî-
treffe eft à côté, & l'on y a marqué
qu'elle avoit 20. ans dans ce temps-
là. Ceci s'accorde avec ce qu'il dit
dans fon *Repos* qu'elle étoit née le
16. Février de l'année en laquelle fe
fit la ligue de *Cambray*, c'eft-à-dire :
de l'an 1533. Ce Recueil eft divifé
en trois parties, dont la premiere
intitulée : *Amoureux repos*, contient

G. DES
AUTELS.

differentes pieces, où il parle de sa maîtresse. La seconde, qui a pour titre *Façons Lyriques* est composée d'Odes. La troisiéme renferme une Elegie & des Epigrammes.

6. On trouve à la p. 230. des Poësies de *Charles Fontaine* une Epitre en vers, sous le nom de *G. Teshault*, qui est de *Guillaume des Autels*. Il y parle avec beaucoup de mépris d'un Poëme de *Paul Angier*, uniquement pour faire plaisir à *Fontaine*, qui y étoit attaqué.

7. *La paix venue du Ciel*, en vers héroïques. Plus le tombeau de l'Empereur *Charles-Quint* en douze Sonnets. *Paris in*-4°. Cet Ouvrage est apparemment de l'an 1558. puisque *Charles-Quint* mourut le 21. Septembre de cette année.

8. *Encomium Galliæ Belgicæ. G. Althario Autore. Accesserunt & alii aliquot ejusdem versiculi. Antuerpiæ. Christ. Plantin. 1559. in-4°.* Ces Poësies ont été inserées dans le premier tome des *Deliciæ Poëtarum Gallorum* p. 53.

9. *Remontrance au peuple François de son devoir en ce temps envers la Ma-*

jesté du Roi ; à laquelle sont ajoutez trois G. DES éloges *de la Paix , de la Treve , & de* AUTELS. la Guerre. Paris. André Wechel 1559. *in-4°.* Cet Ouvrage est en vers.

10. *Harangue au peuple François contre la Rebellion. Paris. Vincent Sertenas* 1560. *in-4°.* Cette Harangue est en prose ; l'Auteur l'écrivit à l'occasion de la conjuration d'*Amboise.*

11. *Ode responsive à une autre de Charles de Rouillon , & quelques Sonnets.* Avec les Odes de *Rouillon* imprimées à *Anvers* par *Plantin* en 1560. *in-8°.*

La Croix-du-Maine dit , qu'il a traduit du Latin en vers François les six livres de la Nature des choses de *Lucrece.* Mais cette version n'a point paru.

V. *Les Bibliotheques Françoises de du Verdier & de la Croix-du-Maine.*

PHILIPPE BUONANNI.

PHILIPPE *Buonanni* naquit à *Rome* le 7. Janvier 1638. de *Loüis Buonanni.*

Après avoir fait fes études d'Humanités, pendant lefquelles il s'appliqua au deffein, qu'il cultiva toute fa vie avec fuccès, il entra dans la Compagnie de *Jefus* le 4. Octobre 1654. dans fa 17ᵉ. année.

Son noviriat fini, il paffa au College Romain, où il fit fa Philofophie fous le P. *François Efchinardi*, dont il apprit auffi les Mathematiques. L'Optique lui plut fur tout, & il voulut apprendre à faire des verres de Lunettes & de Microfcopes.

On l'envoya enfuite à *Orviete* pour y profeffer les Humanités, fuivant la coûtume. Lorfqu'il eut donné à cet exercice le temps prefcrit, il retourna au College Romain pour y étudier en Théologie.

Ayant été ordonné Prêtre, & fait fes vœux; il alla enfeigner la Philofophie à *Ancone.* La connoiffanes des choses naturelles avoit pour lui beaucoup d'attrait, & il s'y est toûjours donné avec une grande application. Le riche cabinet que M. *Camille Pichi*, Gentilhomme d'*Ancone*, avoit dans cette ville, lui offrit une occasion de satisfaire sa curiosité sur toutes sortes de productions naturelles, & sur les Coquillages, dont il profita avec soin.

Il fut rappellé à *Rome* en 1676. pour y être Archiviste de la maison Professe, nommée communément le *Jesus*; emploi qu'il remplit pendant plusieurs années, & qui ne l'empêcha pas de continuer à s'appliquer aux choses Naturelles & à l'histoire Ecclesiastique, & de publier divers Ouvrages.

Il en fut tiré pour être Recteur du College des Maronites à *Rome*, qu'il gouverna avec succès pendant trois ans.

Il en sortit au bout de ce temps, c'est-à-dire, en 1698. pour retourner dans le College Romain, où il fut chargé de mettre en ordre le Cabinet de Curiosités, qui y avoit été legué par *Alphonse Donnini* mort en

1651. & que le P. *Athanase Kircher*
avoit enrichi confiderablement.

Une attaque violente d'apoplexie
l'enleva de ce monde le 30. Mars
1725. âgé de 87. ans.

Catalogue de fes Ouvrages.

1. *Catalogus Provinciarum Socie-*
tatis Jefu, domorum, Collegiorum, Re-
fidentiarum, Seminariorum & Miffio-
num, quæ in unaquaque Provincia nu-
merantur. Romæ 1679.

2. *Ricreazione dell' Occhio e della*
mente nell' offervazione delle Chioccio-
le, propofta à Curiofi dell' opere della
Natura dal P. Filippo Buonanni. In
Roma 1681. *in*-4°. Cet Ouvrage enrichi de 450. figures de differens Coquillages, a été augmenté depuis &
mis en Latin par le P. *Buonanni* fous
ce titre : *Recreatio mentis & oculi, in*
obfervatione Animalium Teftaceorum,
Italico fermone primum propofita, nunc
Latinè reddita & aucta à P. Philippo
Bonanno. Romæ 1684. *in*-4°. L'Auteur a ajouté à cette nouvelle édition
les figures d'une centaine de Coquillages, qui ne font point dans la
précedente. Cette traduction a été
imprimée pour la 3ᵉ. fois avec de
nou-

nouvelles additions , à la suite du
Musæum Kircherianum. Je trouve
dans le *Journal de Venise* , que cet
Ouvrage a été traduit en François
par *François de Seine* , & que cette
traduction a été imprimée à *Paris*
en 1691. Je ne la connois point. *Martin Lister* dans son *Appendix ad Historiam Animalium Angliæ* , imprimé
à *Londres* en 1685. *in-8°.* à la suite
de *Goëdartius de Insectis* , pretend que
toutes les figures que *Buonanni* a données des Coquillages , sont fausses , à
l'exception d'un petit nombre.

3. *Riflessioni sopra la Relazione del
ritrovamento dell' uova delle Chioccio-
le , di A. F. M. inviate in una lettera all' Em. Cardinale Conti da Godefrido Fulberti. In Roma* 1683. *in-*12.
Buonanni avoit prétendu dans le livre précedent , que les Animaux qui
étoient renfermés dans les Coquillages , ne venoient point d'œufs ; & il
fut attaqué sur ce sujet par *Antoine
Felix Marsigli* , frere du fameux Com-
te de *Marsigli* , qui fut depuis Evêque de *Perouse* & mourut le 5. Juillet 1710. Cet Abbé publia pour le
réfuter un écrit , que *Buonanni* a fait

Tome XXX. C

P. BUO-
NANNI.

réimprimer avec sa réponse, qu'il
jugea à propos de donner sous le nom
de *Godefrido Fulberti.*

4. *Observationes circa viventia, quæ
in rebus non viventibus reperiuntur;
cum Micrographia curiosa.* Romæ 1691.
*in-*4°. Cet Ouvrage tend au même
bût que le précedent, c'est-à-dire,
à soutenir la generation spontanée de
certains animaux, conformément au
sentiment d'*Aristote.* Il fut réimprimé pour la seconde fois à *Rome* en
1699. & la *Micrographia curiosa,* qui
en fait la troisiéme partie, le fut pour
la troisiéme dans le *Musæum Kircherianum.* On voit ici, comme dans
tous les autres livres de *Buonanni,*
un grand nombre de figures.

5. *Numismata summorum Pontificum, Templi Vaticani fabricam indi-
cantia, chronologica ejusdem fabricæ
narratione, ac multiplici eruditione explicata, atque uberiori Numismatum
omnium Pontificiorum lucubrationi ve-
luti Prodromus præmissa.* Romæ 1696.
in-fol. It. *Opus secundo impressum cum
correctione & additamento.* Romæ 1700.
in-fol. Avec un grand nombre de
planches.

6. *Numifmata Pontificum Romano-* P. Buo-
rum, *quæ à tempore Martini V. ufque* NANNI.
ad annum 1699. *vel autoritate publi-*
ca, vel privato genio in lucem prodiere,
explicata, ac multiplici eruditione Sa-
cra & prophana illuftrata. Romæ 1699.
in-fol. deux vol. Cet Ouvrage eft curieux, & vaut infiniment mieux,
que celui que le P. *Claude du Mou-*
linet avoit publié à *Paris* en 1679.
fur le même fujet, & dont le P. *Buo-*
nanni releve plufieurs fautes. L'Auteur avoit publié déja auparavant les
infcriptions de toutes les Medailles,
qu'il fe propofoit d'expliquer dans
ce grand Ouvrage, fous le titre fuivant.

7. *Lemmata Numifmatum Romano-*
rum Pontificum à Martino V. ad Inno-
centium XII. Romæ 1694. mais il n'y
avoit pas mis fon nom.

8. *Mufæum Kircherianum, five Mu-*
fæum à P. Athanafio Kirchero in Col-
legio Romano Soc. Jefu jam pridem in-
ceptum, nuper reftitutum, auctum, de-
fcriptum, & Iconibus illuftratum. Ro-
mæ 1709. *in-fol.*

9. *Ordinum Religioforum in Eccle-*
fia Militanti Catalogus, eorumque in-

C ij

P. Buo-
NANNI.

dumenta in Iconibus expressa. Pars pri-
ma complectens Virorum ordines. Romæ
1706. *in-4°.* Planches 141. *Pars se-*
cunda continens Virgines deo dicatas.
Ibid. 1707. *in-4°.* Planches 108. La
premiere partie a été réimprimée à
Rome en 1712. Toutes les deux l'ont
été ensemble à *Venise* l'an 1707. *in-*
4°. par les soins du P. *Coronelli*, qui
y a fait des additions, à ce que porte
le titre : mais ces additions se bor-
nent à quelques Religieux & Reli-
gieuses de l'Ordre de *S. François* ; &
d'ailleurs il a retranché quelques figures avec leurs explications. Au reste l'édition de *Rome* l'emporte de
beaucoup sur celle de *Venise*, pour
la beauté de l'impression & des tail-
les douces. *Pars tertia, complectens*
aliquos in prima editione omissos, di-
versa etiam Alumnorum collegia, &
fœminarum Congregationes, quibus mo-
re Religiosorum Regula vivendi, & in-
dumenta præscribuntur, ut singuli à cæ-
teris dignoscantur. Romæ 1710. *in-4°.*
Planches 75. Cet Ouvrage est en Latin & en Italien. Le discours qui ex-
plique ce qui regarde chaque ordre
ne tient qu'une page : il s'y trouve ce-

pendant des fautes. Le livre du P. P. Buo.
Helyot fur la même matiere eft bien Nanni.
plus ample & plus exact.

10. *Ordinum Equeftrium & Milita-
rium Catalogus, imaginibus expofitus,
& cum brevi enarratione oblatus Cle-
menti XI.* (en Latin & en Italien)
Roma 1711. *in-4°.* Planches 166. Cet
Ouvrage, qui fait le 4e. volume du
précedent, eft dans le même goût,
& auffi peu exact.

11. *La Gerarchia Ecclefiaftica con-
fiderata nelle vefti fagre e civili ufate
da quelli i quali la compongono, efpreffe
e fpiegate con le imagini di ciafcun
grado della medefima. In Roma* 1720.
in-4°.

12. *Trattato della Vernice Cinefe, in
forma di Lettera all' Ill. Sign. Abate
Sebaftiano Gualtieri. In Roma* 1720.
in-8°. It. en François : *Traité des Ver-
nis,* où l'on donne la maniere d'en compofer un, qui reffemble parfaitement à
celui de la Chine, & plufieurs autres,
qui concernent la Peinture, la Dorure,
la Gravure à l'eau forte. *Paris* 1723.
in-12. pp. 206. Le traducteur a joint
à fa traduction des notes pour l'in-
telligence des endroits obfcurs.

C iij

P. BUO-
NANNI.

13. *Gabinetto Armonico, pieno di Stromenti Sonori, indicati, spiegati è di nuovo corretti ed accresciuti. In Roma 1723. in-4°.* C'est un recueil de divers instrumens de Musique gravés, avec leur explications.

V. *Son Eloge dans le Journal de Venise tom. 37. p. 361. & les Mémoires de Trevoux du mois de Novembre 1725. p. 2064.*

JACQUES DE REVES.

J. DE
REVES.

JACQUES *de Reves*, en Latin *Revius*, naquit à *Deventer*, ville des Pays-Bas, dans la Province d'*Over-Yssel*, au mois de Novembre 1586. de *Richard de Reves*, Bourguemestre de cette ville, & de *Cornelie Heying*, fille d'un autre Bourguemestre du même lieu.

Deventer ayant été rendue aux Espagnols peu de temps après sa naissance, on le mena aussitôt à *Amsterdam*, où son pere s'étoit retiré un peu auparavant.

Ce fut là qu'il fut élevé, & qu'il apprit les principes des langues La-

tine & Grecque, & même de la Françoife.

Il paffa enfuite à *Leyde*, où il étudia en Philofophie & en Théologie.
Les difputes qui commencerent alors
à s'élever entre *Arminius* & *Gomarus*
fur les matieres de la Prédeftination
& de la Grace, l'ayant degoûté de
cette Univerfité, il en fortit, pour
aller à *Franequer* ; & il s'appliqua
dans cette derniere ville à la langue
Hebraïque fous les *Drufius*, pere, &
fils.

En 1610. il forma le deffein de
voyager en France, & s'y rendit auffitôt ; il en vifita les principales villes, & fit quelque féjour dans plu-
fiéurs d'entre elles, comme à *Sau-*
mur, à la *Rochelle*, à *Orleans* ; il fut
même dans cette derniere ville choifi
pour le Bibliothecaire, & enfuite
pour l'Orateur de la Nation Allemande.

De retour en fa patrie en 1612. il
fut chargé du foin d'une Eglife dans
le Comté de *Zutphen* ; mais il ne la
garda pas long-temps ; car il fut appellé le 22. Août 1614. à *Deventer*,
pour y être Miniftre ordinaire, &

C iiij

il se rendit dans cette ville le 24. Octobre suivant.

Il se maria l'année d'après 1615. & épousa le 13. Septembre *Christine Augustin*, fille de *Conrad Augustin*, Bourguemestre de *Deventer*, dont il eut neuf enfans, qui moururent tous fort jeunes à l'exception d'une fille, & qui mourut elle même le 23. Décembre 1643.

En 1641. il fut choisi pour être Principal & premier Professeur du College Théologique des Etats de Hollande & de Westfrise à *Leyde*. S'étant alors rendu dans cette ville, il prit possession de ce nouveau poste le 7. Janvier 1642. & fut reçû le 7. du mois suivant Docteur en Théologie.

Il se remaria trois ans après la mort de sa premiere femme, & épousa *Anne Bartens*, veuve de *Marc de Witte*.

Il fut du nombre de ceux qui se declarerent contre la Philosophie de *Des-Cartes*, & qui l'attaquerent vivement par leurs Ecrits, comme je le marquerai plus en detail en parlant de ses Ouvrages.

Il mourut à *Leyde* l'an 1658. âgé de 72. ans.

Catalogue de fes Ouvrages.

1. *Epitres Françoifes des Perfonna-ges illuftres & doctes à Jofeph Jufte de la Scala; mifes en lumiere par Jac-ques de Reves. Harderwyck 1624. in-8°.*

2. *Belgicarum Ecclefiarum Doctri-na & Ordo; hoc eft, Confeffio, Cate-chefis, Liturgia, Canones Ecclefiafti-ci. Græcè & Latinè. Interpretibus Frid. Sylburgio & Jac. Revio. Daventriæ 1627. in-8°.* Le Catechifme des Egli-fes Proteftantes, qu'on voit ici, a été traduit en Grec par *Frederic Syl-burge*, le refte l'a été depuis par *de Reves*, qui a fait auffi la plûpart des traductions Latines de ce Recueil. Le livre fut envoyé à *Conftantinople*, afin qu'on le repandît parmi les Grecs; & ce fut dans cette vûe qu'on le fit imprimer.

3. *Poëfies Hollandoifes. Deventer. Amfterdam 1630. in-8°.*

4. *Laurentii Vallæ de Collatione No-vi Teftamenti libri duo, notis Jacobi Revii illuftrati. Amftelodami 1630. in-8°.*

5. *Hiftoria Pontificum Romanorum contracta & ad annum 1632. perducta.*

Amstelodami 1632. *in-*8°.

6. *Oratio inauguralis de Origine &
usu Gymnasiorum, ac nominatim Col-
legii Theologici Lugdunensis apud Ba-
tavos.* Lugd. Bat 1642. *in-*4°. C'est le
discours qu'il prononça à son instal-
lation dans le poste de Principal du
College de *Leyde.*

7. *Historia vitæ, doctrinæ, ac rerum
gestarum Davidis Georgii, Hæresiar-
chæ, conscripta ab ipsius genero Nicolao Blesdikio. Daventriæ* 1642. *in-*12.
De Reves est l'Editeur de cet Ouvrage.

8. *Examen Dissertationis D. Nicolai Vedelii de Episcopatu Constantini
Magni, seu, de potestate Magistra-
tuum Reformatorum circa res Ecclesia-
sticas. Amstelod.* 1642. *in-*12.

9. *Suarez repurgatus, sive, Sylla-
bus Disputationum Metaphysicarum
Francisci Suarez Societatis Jesu Theo-
logi, cum notis Jacobi Revii, quibus
quæ ab Autore illo recte tradita sunt,
ubi opus est, illustrantur aut defendun-
tur, quæ verò in Philosophiam, ac
præcipue Theologiam peccavit, indi-
cantur ac refelluntur. Lugd. Bat.* 1644.
*in-*4°.

10. *Libertas Christiana circa usum* J. DE
capillitii defensa, qua sex ejusdem Dis- REVES.
putationes de Coma ab exceptionibus
Viri cujusdam docti vindicantur. Lugd.
Bat. 1647. *in-*12.

11. *Methodi Cartesianæ consideratio*
Theologica. Lugd. Bat. 1648. *in-*12.
De Reves, grand ennemi de *Des-*
Cartes, commença à l'attaquer dans
des Theses qu'il fit soutenir contre
ses sentimens, & publia ensuite contre lui quelques Ouvrages, où il s'ef-
força de rendre sa foy suspecte. Celui-ci fut le premier.

12. *Abstersio macularum, quæ ab*
Anonymo quodam, calumniosæ Præfa-
tionis in notas Cartesianas Autore, ipsi
aspersa fuerunt. Lugd. Bat. 1648. *in-*
12. Cet Ouvrage est contre *Adrien*
Heereboord, Professeur en Philosophie à *Leyde*, qui soutenoit les sentimens de *Des-Cartes*, & avoit com-
posé quelques Ouvrages en sa faveur.

13. *Joannis Pistorii Woerdenatis,*
ob Evangelicæ veritatis assertionem apud
Hollandos primò omnium exusti Mar-
tyrium, descriptum à Guilielmo Gna-
phæo, Hagiensi, tunc temporis in eun-

J. DE
REVES.

dem cum beato *Martyre* carcerem con-
jecto, nunc autem è *Manuscripto* editum. Lugd. Bat. 1659. *in*-12.

14. *Daventria illustrata*, *sive Hi-*
storia Urbis Daventriensis libri sex,
perducti usque ad annum à nato Chri-
sto 1641. *quibus etiam non pauca quæ*
ad universam Transisalaniam & Regio-
nes finitimas spectant, *per occasionem*
edisseruntur. Lugd. Bat. 1651. *in*-4°.
C'est le meilleur & le plus curieux
Ouvrage de notre Auteur. On y
trouve plusieurs particularités sur les
sçavans du Pays dont il parle.

15. *Extraits d'un livre de Charles*
Everwin, *Ministre de l'Eglise de Gou-*
da , *sur la puissance du Magistrat par*
rapport à la deposition des Pasteurs ,
avec la réponse de Jacques de Reves.
(en Flamand) *Leyde* 1650. *in*-12.

16. *Statera Philosophiæ Cartesianæ*,
qua Principiorum ejus falsitas & Dog-
matum impuritas expenditur ac casti-
gatur; *cum responsione ad Adriani Hee-*
rebortii virulentam Epistolam. Lugd.
Bat. 1650. *in*-12.

17. *Cartesiomania*, *hoc est*, *furiosum*
nugamentum, *quod Tobias Andreæ sub*
Assertionis Methodi Cartesianæ orbi

Litterato obſtruſit. Lugd. Bat. 1654.
in-12. On peut juger par ces ſeuls
titres de l'emportement avec lequel
de Reves attaquoit *Des-Cartes.*

J. DE
REVES.

18. Il a reformé la traduction des
Pſeaumes de *David*, faite en vers
Hollandois par *Pierre Dathænus*, &
l'a fait imprimer ſuivant cette reviſion à *Deventer* en 1640.

19. Il a eu part à la reviſion de la
traduction Flamande de l'Ancien
Teſtament, qui fut imprimée à *Leyde* en 1637. *in-fol.* comme il le marque à la p. 694. de ſa *Daventria illuſtrata.*

V. *Daventria illuſtrata* p. 725. Il
y fait un precis de ſa vie, & donne
la liſte de ſes Ouvrages, dont il parle encore en differens endroits de
ſon Hiſtoire, c'eſt-à-dire, aux pages
582. 662. 671. 688. 694. *Hiſtoria Bibliotheca Fabricianæ.* tom. I. p. 320.

CHARLES CLUSIUS.

C. CLU-
SIUS.

CHARLES *Clusius*, appellé en
François *de L'Escluse*, mais
plus connu sous celui de *Clusius*, naquit à *Arras* le 18. (a) Février 1526.
de *Michel de l'Escluse*, Conseiller
de la Cour Provinciale de l'Artois,
& de *Guillemette Quineaut.*

Après avoir fait ses premieres études à *Gand*, il passa en 1546. à *Louvain*, où il continua à s'appliquer
aux langues Latine & Grecque, &
étudia en Droit, pour contenter son
pere, qui le souhaitoit ainsi.

Le desir de voyager le fit sortir
de cette derniere ville, à l'âge de
22. ans, c'est-à-dire, en 1548. pour
aller en Allemagne.

Il se rendit d'abord à *Marpourg*,
pour y continuer ses études de Jurisprudence ; mais une personne de
merite de ce pays lui ayant inspiré

(a) *Melchior Adam* & d'autres après
lui disent le 19. Mais j'ai mieux aimé m'en
rapporter à *Valere André* qui marque le
18. XII. C*al. Martii.*

du degoût pour cette science, pour laquelle il n'avoit pas d'ailleurs trop d'inclination, il y renonça pour s'adonner à la Philosophie.

André Hyperius, qu'il eut occasion de connoître dans cette ville, lui fit naitre l'envie de voir *Melanchthon*, & il se rendit à *Wittemberg*, pour la satisfaire.

Il alla ensuite à *Strasbourg*, d'où il passa à *Montpellier*. Il demeura pendant trois ans dans cette derniere ville, chez *Guillaume Rondelet*, sous lequel il s'appliqua à la Medecine & à la Botanique. Après y avoir reçu le degré de Licentié en Medecine, il se retira dans sa patrie, pour y joüir de la tranquillité que la guerre entre le Roi *Henri II.* & l'Empereur *Charles-Quint* ne lui permettoit pas de trouver en France.

Il y demeura jusqu'en 1560. qu'il revint à *Paris*, où il passa deux années; au bout desquelles les guerres civiles l'obligerent de nouveau à se retirer à *Louvain*.

Après une année de séjour dans cette ville, il retourna en 1564. en Allemagne. Mais il n'y demeura que

deux mois; & se rendit aussitôt après
dans les Pays-Bas, d'où il alla voyager en Espagne, dont il parcourut
une bonne partie, aussi bien que du
Portugal.

Il fut de retour dans son pays l'année suivante, & y resta tranquille
jusqu'en 1571. qu'il vint de nouveau à *Paris*, & alla ensuite s'embar-
quer à *Calais* pour passer en Angleterre.

Ce nouveau voyage fini, il se tint
dans les Pays-Bas jusqu'en 1573. que
l'Empereur *Maximilien II.* le fit venir à *Vienne*, pour lui donner la di-
rection du Jardin des simples de cette ville. Il conserva cet emploi pendant près de quatorze ans tant sous
cet Empereur, que sous *Rodolphe II.*
son Successeur.

Degoûté enfin du séjour de la
Cour, il le quitta en 1587. & se retira à *Francfort sur le Mein*, où il
passa six ans dans une espece de soli-
tude, & vivant uniquement pour
lui-même. Il y voyoit cependant
quelquefois *Guillaume* Landgrave de
Hesse, qui se plaisoit à s'entretenir
avec lui, & qui lui donna même
une pension.   Les

Les Curateurs de l'Univerſité de *Leyde* le tirerent de ce lieu, en l'appellant en 1593. pour remplir une Chaire de Botanique dans cette ville.

Il y fit les fonctions de Profeſſeur avec beaucoup de reputation pendant ſeize ans, & mourut le 4. Avril 1609. âgé de 83. ans, ſans avoir été marié.

Il fut enterré dans l'Egliſe de *Sainte Marie* avec cette Epitaphe.

Bonæ Memoriæ Caroli Cluſii Atrebatis Poſ. qui ob nominis celebritatem probitate, eruditione, tum rei inprimis Herbariæ illuſtratione partam, inter aulæ Cæſ. Familiares allectus, & poſt varias peregrinationes à Nobb. demum & Ampliſſ. DD. Curatoribus & Coſſ. in hanc urbem condecorandæ Academiæ evocatus, & ſtipendio publico per annos 16. honoratus 84. ætatis ſuæ annum ingreſſus obiit Cœlebs 4. Aprilis 1609.

Outre une ſcience fort étenduë de la Botanique, il poſſedoit encore les langues Grecque, Latine, Italienne, Eſpagnole, & Allemande. *Heinſius* le met même avec le grand

Tome XXX. D

C. Clu- *Scaliger*, au nombre des plus sça-
sius. vans hommes de son temps.

Catalogue de ses Ouvrages.

1. *Histoire des Plantes, en laquelle
est contenue la description entiere des
Herbes, leurs especes, formes, noms,
temperament, vertus, & operations,
par Rambert Dodoëns, Médecin de la
ville de Malines, traduite de bas Allemand en François par Charles de
l'Escluse. Anvers. Christ. Plantin* 1557.
in-fol.

2. *Les Vies d'Annibal & de Scipion
l'Africain, traduites du Latin de Do-
nat Acciaioli en François.* Avec les
*Vies des Hommes illustres de Plutar-
que, traduites par Amyot. Paris. Vas-
cosan. in-fol. & in-*8°.

3. *Antidotarium Florentinum, sive
de exacta componendorum Medicamentorum ratione libri tres, ex Græcorum,
Arabum, & recentiorum Medicorum
Scriptis à Medicis Florentinis collecti,
& à Carolo Clusio ex Italico Sermone
Latini facti. Antuerpiæ* 1561. *in-*8°.

4. *Aromatum & simplicium aliquot
Medicamentorum apud Indos nascentium Historia, primum quidem Lusita-
nica lingua per Dialogos conscripta à*

D. Garcia ab Horto Proregis Indiæ C. CLU-
Medico ; deinde Latino Sermone in E- SIUS.
pitomen contracta , & Iconibus ad vi-
vum expreſſis locupletioribuſque anno-
tatiunculis illuſtrata à Carolo Cluſio.
Antuerpiæ 1567. 1574. 1579. *in* 8°.

5. *Simplicium Medicamentorum ex*
novo orbe delatorum, quorum in Me-
dicina uſus eſt , Hiſtoria , Hiſpa-
nico Sermone à D. Nicolao Mo-
narde , Medico Hiſpalenſi deſcripta ,
Latio deinde donata , & annotationibus
iconibuſque affabre depictis illuſtrata à
Carolo Cluſio , Atrebate. Antuerpiæ
1574. & 1579. *in* 8°. Il n'y a dans
ces éditions que la traduction des
deux premiers livres de l'Ouvrage
de *Monardes,* qui furent les ſeuls
qui parurent d'abord en Eſpagnol
l'an 1569. *in* 8°. Ce Médecin y ayant
ajouté en 1580. un troiſiéme, *Clu-*
ſius le traduiſit auſſi : *Liber tertius ,*
Hiſpanico Sermone nuper deſcriptus à
Nicolao Monarde ; nunc vero primùm
Latio donatus & notis illuſtratus à Ca-
rolo Cluſio. Antuerpiæ 1582. *in* 8°.

6. *Chriſtophori à Coſta , Medici &*
Chirurgi Aromatum & Medicamento-
rum in Orientali India naſcentium li-

C. Clu- *ber; plurimum lucis afferens iis, quæ*
sius. *à Doctore Garcia de Orta in hoc gene-*
re scripta sunt; Caroli Clusii opera ex
Hispanico Sermone Latinus factus, in
Epitomen contractus, & quibusdam no-
tis illustratus. Antuerpiæ 1574. & 1582.
*in-*8°. Cet Ouvrage & les deux précedens ont été imprimés ensemble
avec des augmentations sous ce titre.

7. *Garciæ ab Horto, Christophori à*
Costa, & Nicolai Monardis Aroma-
tum & simplicium Medicamentorum
apud Indos nascentium Historia, ex
Lusitanico & Hispanico Latinè in Epi-
tomen contracta, & annotationibus il-
lustrata à Carolo Clusio; cum figuris.
Antuerpiæ 1593. *in-*8°.

8. *Caroli Clusii aliquot notæ in Gar-*
ciæ Aromatum Historiam. Ejusdem de-
scriptiones nonnullarum Stirpium &
aliarum exoticarum rerum, quæ à ge-
neroso viro Francisco Drake, Equite
Anglo, & his observatæ sunt, qui eum
in longa illa navigatione, qua proxi-
mis annis universum orbem circumivit,
comitati sunt; & quorumdam peregri-
norum fructuum, quos Londini ab ami-
cis accepit. Antuerpiæ 1582. *in-*8°.

9. *Nicolai Monardi libri tres , magna Medicinæ Secreta & varia experimenta continentes , à Carolo Clufio Latio donati. Lugduni* 1601. *in*-8°. Ces trois livres font 1°. *De lapide Bezaar & herba Scorzonera.* 2°. *De Ferro & ejus facultatibus.* 3°. *De Nive & ejus commodis.*

10. *Petri Bellonii , Cenomani , plurimarum fingularium & memorabilium rerum in Græcia , Afia , Ægypto , Judæa , Arabia , aliifque exteris Provinciis ab ipfo confpectarum tribus libris expreffæ. Accedit ejufdem de neglecta Stirpium cultura , atque earum cognitione libellus , edocens qua ratione Sylveftres arbores cicurari & mitefcere queant. Carolus Clufius è Gallico Latinum faciebat. Antuerpiæ* 1589. *in*-8°. It. *Ibid.* 1605. *in-fol.* Avec *Exoticorum libri decem.*

11. *Rariorum aliquot Stirpium per Hifpanias obfervatarum hiftoria , duobus expreffa libris. Antuerpiæ* 1576. *in*-8°.

12. *Rariorum aliquot Stirpium per Pannoniam, Auftriam, & vicinas Provincias obfervatarum Hiftoria, quatuor libris expreffa. Antuerpiæ* 1583. *in*-8°.

C. CLU-IUS.

C. Clu-
sius.

13. *Rariorum Plantarum Historia.*
Cui accesserunt ejusdem Commentario-
lum de Fungis ; Honorii Belli , Me-
dici doctissimi , aliquot ad Carolum Clu-
sium Epistola de variis Stirpibus agen-
tes ; Alia item Tobiæ Roëlsii , Medici,
de certis quibusdam Plantis Epistola ;
præterea accurata Montis Baldi in agro
Veronensi descriptio, autore Joanne
Pona Veronensi, à Carolo Clusio ex
Italico in Latinum Sermonem versa.
Antuerpiæ 1601. *in-fol.*

14. *Exoticorum libri decem : quibus*
Animalium , Plantarum , Aromatum ,
aliorumque peregrinorum Fructuum hi-
storiæ describuntur. Item Bellonii obser-
vationes , eodem Car. Clusio interprete.
Antuerpiæ 1601. *in-fol.* It. *Lugd. Bat.*
1605. *in-fol.* Les six premiers livres
de ce volume paroissent ici pour la
premiere fois. Les quatre suivans
contiennent les Traités de *Garcias*
d'Orta , de *Christophe à Costa ,* & de
Nicolas Monardés , dont j'ai parlé
ci-dessus ; avec la traduction des
trois Ouvrages de *Monardés ,* que
j'ai marqué au N°. 9.

15. *Curæ Posteriores , seu plurima-*
rum non ante cognitarum , aut descrip-

tarum Stirpium, peregrinorumque ali- C. CLU-
quot Animalium novæ descriptiones ; SIUS.
quibus & omnia ipsius opera, aliaque
ab eo versa augentur, aut illustrantur.
Accessit seorsim Ælii Everhardi Vor-
stii de ejusdem Caroli Clusii vita &
obitu Oratio, aliorumque Epicedia.
Antuerpiæ 1611. *in-fol.* It. *Lugd. Bat.*
1611. *in-*4°.

16. *Galliæ Belgicæ Chorographica de-*
scriptio. Lugd. Bat. 1619. *in-*8°.

17. *Tabula Chorographica Galliæ*
Narbonensis. Ortelius l'a inserée dans
son *Theatrum Orbis terrarum.*

18. *Clusius* étant à *Salamanque*,
trouva chez *Augustin Vasée* plusieurs
Lettres de *Nicolas Clenard* à *Jean*
Vasée, son pere, & à d'autres personnes ; il chercha aussi à *Grenade* ce
qui restoit des Lettres de ce sçavant
homme. De retour en Flandres, il
donna le tout à *Plantin,* qui l'ajou-
ta en forme de second livre à celles
qui avoient déja paru, & qu'il réim-
prima alors à *Anvers* l'an 1566. *in-*
8°.

V. *Ælii Everhardi Vorstii Oratio*
funebris in obitum Caroli Clusii. Lugd.
Bat. 1609. *in-*8°. It. A la tête des

C. Clu-
sius. *Curæ Posteriores* de *Clusius*. It. Dans les *Memoriæ Medicorum Henningi Witten*. p. 6. *Joannis Meursii Athenæ Batavæ*. p. 186. *Valerii Andreæ Bibliotheca Belgica*. *Francisci Sweertii Athenæ Belgicæ*. *Melchioris Adami Vitæ Medicorum Germanorum*. *Mercklini Lindenius renovatus*. Tous ces Auteurs s'accordent peu entre eux pour les dates. *Lorenzo Crasso Elogii d'Huomini Letterati*. tom. 2. p. 36. Il y a des fautes grossieres dans ce qu'en dit cet Auteur ; comme lorsqu'il avance qu'il est enterré à *Lyon*, au lieu de mettre à *Leyde*.

BON DE MERBES.

B. DE
MERBES.

BON de *Merbes* naquit à *Montdidier*, ville de Picardie vers l'an 1598.

Après avoir fait ses études, il entra dans la Congrégation de l'Oratoire, dans laquelle il demeura pendant plusieurs années.

En étant sorti, il enseigna la Rhétorique au College de *Navarre*, & y fit pour son entrée l'Oraison funebre

nebre de *Louis XIII.* mort le 14. May
1643. Cette Oraifon Latine où il
réuffit, lui fit beaucoup d'honneur.
Il voulut enfuite fe donner à la predication ; mais comme il ne fçavoit
gueres autre chofe que les Humanités, & qu'il n'avoit point affez lû
l'Ecriture & les Peres, pour pouvoir
compofer rien de folide en ce genre, il quitta fa chaire de Rhétorique, pour les étudier & fe mettre
en état de prêcher avec fruit.

Ayant employé quelque temps à
ce travail, il recommença à monter
en chaire, & prêcha avec réputation
dans les principales Eglifes de *Paris.*

Il fe retira depuis à *Montdidier,*
pour y être Principal du College de
cette ville. Ce fut là qu'il compofa
fa Somme de Théologie Morale.

Il revint enfuite à *Paris* pour la
faire imprimer ; mais à peine l'eut-
il donnée au Public, qu'il mourut
au College de *Beauvais,* où il demeuroit, le 2. Août 1684. âgé de
86. ans. Il fut enterré dans le Cime-
tiere de la paroiffe de *Saint-Etienne
du Mont.*

Il étoit prêtre & Docteur en Théo-
Tome XXX. E

logie, mais je ne sçai de quelle faculté.

Le seul Ouvrage qu'on ait de lui est sa Somme, qui est intitulée.

Summa Christiana, seu Orthodoxa morum disciplina, ex Sacris Litteris, Sanctorum Patrum Monumentis, Conciliorum Oraculis, summorum Pontificum decretis fideliter excerpta, opera & studio M. Boni Merbesii, Prædic. & Doct. Theol. Paris. 1683. *in-fol.* deux vol. Il travailloit, lorsqu'il mourut, à un troisième volume. Cet Ouvrage est écrit en bon Latin, les principes en sont solides, & les decisions justes & raisonnables. C'est le jugement que M. *Du Pin* porte de cet Auteur. On a cependant prétendu qu'il n'étoit pas toujours juste dans les citations sur lesquelles il appuye ses preuves. Comme quand il rapporte un Concile de *Toledo*, pour prouver qu'on peut donner l'absolution à un moribond, qui n'a donné aucun signe de connoissance, mais qui a bien vécu : Concile qui est positivement contre lui.

Cet article est tiré d'un Mémoire Manuscrit. V. La Bibliotheque des Auteurs Ecclesiastiques de M. du Pin.

ALAMANNO RINUCCINI.

ALAMANNO *Rinuccini* na- A. RI-
quit à *Florence* l'an 1426. de NUCCINI.
Philippe Rinuccini, d'une famille
très-illustre.

Poccianti dit qu'il fut disciple de
Marsile Ficin ; mais cela ne paroît
pas probable, puisque *Ficin*, qui
nomme en plusieurs endroits de ses
écrits tous les sçavans avec lesquels
il a été en relation, ne fait aucune
mention de lui.

Il apprit la langue Grecque sous
Jean Argyropule, & s'y rendit fort
habile. Son érudition & sa science
lui acquirent un grand nom parmi
les sçavans de son temps.

Il fut élevé à la charge de Prieur
en 1460. & en 1495. il fut un des
dix qu'on choisit pour gouverner la
Republique de *Florence* pendant les
troubles qui agiterent alors cet Etat.
Cette date fait voir que *Poccianti* s'est
trompé en mettant sa mort en 1470.

Il fut aussi commis avec quelques
autres pour travailler au retablisse-

A, Rɪ- ment des Etudes à *Florence* & à *Pise*,
NUCCINI. & il s'acquitta de cette commiſſion
avec tout le zéle & l'adreſſe qu'on
pouvoit attendre d'un homme auſſi
habile & auſſi ſçavant que lui.

Il mourut à *Florence* l'an 1504.
âgé de 78. ans. Il avoit épouſé en
1455. *Liſe Capponi.*

Catalogue de ſes Ouvrages.

1. Il a traduit le premier en Latin la vie, ou plûtôt le Roman de
la vie d'*Apollonius de Tyane* par *Phi-
loſtrate*, & a mis à la tête une préface fort belle, où l'on apprend pluſieurs particularités de ſes autres Ouvrages: mais cette préface n'eſt que
dans les Manuſcrits, les Imprimeurs
n'ayant pas voulu, par une negli-
gence impardonnable, l'imprimer
avec le reſte. *Rinuccini* finit cette
traduction en 1472. & elle ſeroit
peut-être reſtée toûjours Manuſcrite, ſi *Philippe Beroalde* l'ancien n'a-
voit pris ſoin de la donner au public.

La premiere édition en a paru à
Boulogne chez *Benedetto di Ettore*,
fameux imprimeur de ce temps. Elle a été ſuivie d'une autre *in-8°.* où

l'année ni le lieu ne font point mar-
qués , & qu'*Olearius* a prife mal à
propos pour la premiere.

Il s'en eft fait depuis plufieurs autres , telles qu'ont été celle de *Veni-*
fe en 1502. *in-fol.* dans laquelle on
a joint le texte Grec à la traduction ;
celle de *Cologne in-8°.* en 1532. avec
les notes marginales de *Gilbert de*
Longueil, celle de *Paris* de l'an 1555.
*in-*12. pour ne point parler de toutes les autres qui les furpaffent , &
qui font furpaffées elles mêmes par
celle qu'a donnée *Olearius* dans le
Recueil des Ouvrages des *Philoftra-*
tes publié à *Lipfic* en 1709. *in-fol.*

Une particularité affez finguliere
fur cette vie d'*Apollonius,* c'eft qu'il
s'en eft imprimé en 1549. trois traductions Italiennes differentes & toutes *in-8°.* L'une de *François Baldelli ,*
à *Florence.* La 2e. de *Jean Bernard*
Gualandi , Prêtre Florentin , à *Veni-*
fe. La 3e. de *Loüis Dolce* dans la même ville.

2. Il a traduit en Latin les vies de
Nicias , de *Craffus ,* d'*Agefilas ,* d'*A-*
gis & de *Cleomene* du Grec de *Plutar-*
que. Ces traductions fe trouvent dans

E iij

les anciennes éditions Latines des vies de cet Auteur. *Jean André*, Evêque d'*Aleria*, qui publia la premiere à *Rome* l'an 1471. n'a pas été bien informé sur les Auteurs des traductions qu'il a rapportées, puisqu'il donne à *Guarin* de *Verone*, & à *Antoine Tudertinus* plusieurs de celles qui sont de *Rinuccini*.

Ugolin Verini a eu ses traductions en vûe, lorsqu'il a dit dans le second livre de son Poëme *de illustratione urbis Florentiæ*.

> *Qui Niciæ & Crassi traduxit gesta*
>   *Latinis,*
> *Certaque Plutarchi tristis solatia*
>   *luctus,*
> *Quique Apollonium, totum qui cir-*
>   *cuit orbem,*
> *Convertit nobis, longum volitabit in*
>   *ævum.*

3. Il a encore traduit du Grec du *Plutarque* en Latin un traité intitulé *Consolatio ad Apollonium filio orbatum*. Je ne sçai si cette traduction a été imprimée.

4. Parmi les Opuscules de *Plutarque* imprimés *in-fol.* à *Venise* l'an 1532. & ailleurs depuis, on trouve

au feüillet 72. un traité intitulé *de Virtutibus Mulierum , Alamanno Ranutino interprete.* Il eſt de la traduction de notre Auteur, dont le nom eſt ici eſtropié. Il y en a une édition à part beaucoup plus ancienne *in-*4°. qui n'a ni date ni nom de lieu , mais qui probablement a été faite à *Breſcia* vers l'an 1497. Le titre du Traité eſt dans cette édition *Plutarchi de Claris mulieribus ;* mais le nom de *Rinuccini* y eſt eſtropié comme dans l'autre.

5. *Oratio habita in funere Matthæi Palmerii. Jannotii Manetti vita.*

Poccianti , & d'autres Auteurs attribuent à *Rinuccini* la traduction latine des Epitres Grecques de *Marcus Brutus* & d'*Hippocrate* imprimée pluſieurs fois , entre autres à *Florence* l'an 1487. *in-*4°. Mais elle n'eſt pas de lui ; elle eſt d'un certain *Ranuccio ,* où *Renucio ,* où *Rinucio ,* car il eſt appellé de ces trois manieres , qui vivoit un peu avant lui.

V. *Poccianti , Catalogus ſcriptorum Florentinorum. Jules Negri , Iſtoria de Fiorentini Scrittori.* Le Journal de *Veniſe* tom. 21. *p.* 369. *&* tom. 22. *p.* 358.

E iiij

(marginal text, partly legible:) Viei êqu re n in tion onn e Ti ſou tion cont tion geſt laui i cu bita c du itui orbe on utan l'at ouvi

JOSEPH ACOSTA.

JOSEPH *Acosta* naquit à *Medina del Campo*, ville du Royaume de *Leon* en Espagne vers l'an 1539.

Il entra en 1553. n'ayant pas encore 14. ans accomplis, dans la Compagnie de *Jesus*, où il avoit déja quatre freres aînés, qu'il surpassa en science, & en capacité.

Ces quatres freres étoient, 1°. Jerôme, qui causa bien des brouilleries parmi les Jesuites, par son naturel vif & imperueux, qui ne pouvoit rien souffrir. 2°. Jacques. 3°. Christophe. 4°. *Bernardin* mort au Mexique le 29. Mai 1615.

Joseph Acosta enseigna long-temps en divers endroits de l'Espagne, & il fut le premier de la Societé, qui professa la Théologie à *Oçana* ville de la nouvelle Castille.

En 1671. il passa aux Indes Occidentales, & fut le second Provincial du *Perou*. Il y disputa contre le P. *François de la Croix*, l'un des plus grands fanatiques qui ayent jamais

J. Aco-
STA.

été, & dont il nous a confervé l'hi-
ftoire dans fon livre *de temporibus Noviffimis.* Il eft vrai qu'il ne le nomme pas; mais *Alegambe* nous apprend
fon nom dans l'article d'*Alphonfe Barzena*, où il ajoute qu'il étoit Religieux, fans dire de quel ordre.
Cette hiftoire merite d'être fçûe; la
voici.

» J'ai connu ici au *Perou*, dit *Aco-*
» *fta*, un Profeffeur en Théologie
» qui paffoit pour un prodige de
» fcience & de pieté. Il s'attacha à
» une devote, qui prétendoit qu'un
» Ange lui reveloit de grands my-
» fteres; & quoiqu'elle fût d'un
» efprit fort mediocre, il la conful-
» toit comme un oracle fur les que-
» ftions les plus relevées de la Théo-
» logie. Il s'infatua même tellement
» de ce qu'elle lui difoit, & de ce
» qu'elle lui promettoit d'avanta-
» geux & d'extraordinaire, que fur
» fa parole il effaya de faire des mi-
» racles, & en vint jufqu'à fe per-
» fuader qu'il en faifoit effective-
» ment. Les propofitions qu'il avan-
» çoit, étoient fi extraordinaires,
» qu'il fut mis à l'Inquifition, où

J. Aco-
STA.

» on l'examina pendant cinq années,
» Il foutenoit ferieufement qu'il fe-
» roit Roi & Pape, le faint fiege de-
» vant être transferé aux Indes ; que
» Dieu lui avoit accordé une fainte-
» té, qui furpaffoit celle des Apô-
» tres, & de tous les chœurs des
» Anges ; que Dieu lui avoit même
» offert l'union hypoftatique ; mais
» qu'il ne l'avoit point acceptée ;
» qu'il devoit être le Redempteur
» du Monde quant à l'efficacité, *Je-*
» *fus-Chrift* ne l'ayant été que quant
» à la fuffifance. Il pretendoit chan-
» ger la face de l'Eglife, donner des
» loix douces & aifées, ôter la con-
» feffion, difpenfer les Ecclefiafti-
» ques du Celibat, & permettre la
» pluralité des femmes. Il difoit tou-
» tes ces extravagances avec tant
» d'affurance, que nous étions fur-
» pris de lui voir la tête fi faine d'ail-
» leurs. On nous fit difputer contre
» lui pendant deux jours. Il nous
» dit que fa doctrine étant infini-
» ment au-deffus de la raifon, il ne
» la pouvoit prouver que par l'Ecri-
» ture Sainte & par les miracles ; que
» quant à l'Ecriture il avoit des paf-

» fages plus clairs & plus forts, que
» ceux dont *S. Paul* s'eft fervi, pour
» prouver que *Jefus-Chrift* eft le Mef-
» fie. Il en cita effectivement par
» cœur un très-grand nombre, &
» de très-longs tirés des Prophetes,
» des Pfeaumes & de l'Apocalypfe,
» qu'il tourna fi bien en allegories,
» pour les ajufter à fon fyftême,
» qu'il nous caufoit en même temps
» de l'admiration & de la pitié.
» Pour ce qui eft des miracles, il
» nous foutint qu'il en avoit fait
» plufieurs, & même d'auffi grands
» que la refurrection de *Jefus-Chrift*,
» puifque lui-même étoit veritable-
» ment mort & refufcité, & que per-
» fonne n'en pouvoit douter. Lorf-
» qu'on le conduifit à la mort, il le-
» voit les yeux au ciel, dans l'efpe-
» rance qu'il en defcendroit un grand
» feu, qui devoreroit tous les fpecta-
» teurs ; mais nous n'en vimes point
» d'autre que celui qui le reduifit en
» cendres.

Acofta après dix-fept années de
féjour en Amerique retourna en
Efpagne l'an 1588. & y gagna les
bonnes graces du Roi *Philippe II.*

en l'entretenant au long de tout ce
qui regardoit le nouveau monde.

Il paſſa enſuite à *Rome* pour rendre compte des affaires de la Religion dans ces pays, à ſon General
Claude Aquaviva, qui le renvoya
en Eſpagne en 1589. avec la charge
de Viſiteur de l'Arragon & de l'An-
dalouſie.

Les Jeſuites Eſpagnols étoient
alors diviſés, & quelques-uns d'eux
vouloient qu'il y eût un General particulier pour l'Eſpagne. *Acoſta* étoit
aſſez bien en Cour, & avoit aſſez
de merite d'ailleurs pour pouvoir
aſpirer à cette dignité. Cependant
il ne fit point d'autre demarche que
de propoſer à *Aquaviva* d'aſſembler
un chapitre general, pour appaiſer
les eſprits.

Aquaviva, loin de goûter cette
propoſition, ſe vangea d'*Acoſta* qui
la lui avoit faite, en l'excluant de
la charge de Provincial, qui lui con-
venoit naturellement, & ſe conten-
tant de le faire Superieur de *Valladolid*. Il envoya en même temps en
Eſpagne le P. *Alphonſe Sanchés*,
pour faire goûter au Roi les raiſons

qu'il avoit de ne point aſſembler de Chapitre. Mais *Acoſta* l'avoit pre-venu, & s'étoit adroitement fait nommer par ce Prince, pour aller à *Rome* ſolliciter de ſa part le Pape, de faire aſſembler ce Chapitre.

Acoſta partit donc bruſquement pour *Rome* au commencement du mois d'Août 1592. & agit ſi puiſ-ſamment auprès de *Clement VIII.* que ce Pape ordonna qu'il ſe tint un chapitre general.

Tout ce que put faire *Aquaviva* fut d'empêcher, que le celebre *Jean Mariana* n'y fût deputé, & que le ſçavant *Tolet*, qui venoit d'être fait Cardinal, n'y preſidât, comme il le ſouhaitoit. Il ne put réuſſir à exclu-re de l'aſſemblée *Joſeph Acoſta*; mais il l'envoya loger à la Pénitencerie de *S. Pierre*, ordonna qu'on ouvrît ſes lettres, & lui fit tout le mal qu'il put. Cependant ayant eu le deſſus dans le chapitre, il le continua par bienſéance Superieur de *Valladolid*, où *Acoſta* retourna en 1594.

Il fut enſuite Recteur à *Salaman-que*, & il occupoit ce poſte, lorſ-qu'il mourut le 15. Février 1600.

**J. Aco-
sta.**

âgé de 60. ans. *Alegambe* avoit mis
sa mort en 1599. mais *Sotwel* l'a
placée une année plus tard.

Catalogue de ses Ouvrages.

1. *Historia natural y moral de las
Indias. En Sevilla* 1590. *in-*4°. It.
Revûe & corrigée. *Ibid.* 1591. *in-*8°.
It. *Madrit* 1608. & 1610. *in-*4°.
Cette histoire est fort estimée, & a
été souvent citée avec éloge. *Antoine de Leon* remarque dans l'Appendix de son Abregé de la Bibliotheque Orientale & Occidentale, qu'*A-
costa* a tiré beaucoup de choses de
deux Ouvrages Manuscrits de *Dida-
ce Duran*, Dominicain, sur la Nouvelle Espagne. Son Ouvrage a été
traduit en diverses langues.

On en a une traduction Latine,
qui est de *Jean Hugues de Linschot.*
Elle se trouve dans la 9e. partie des
grands voyages.

La traduction Françoise a pour titre : *Histoire naturelle & morale des
Indes, traduite du Castillan de Joseph
Acosta, par Robert Regnault.* Paris
1598. & 1606. *in-*8°. Ce traducteur
dit dans sa Préface, que les Espagnols avoient fait brûler par Edit tous

les exemplaires de l'Histoire d'*Acosta*, pour derober aux autres nations la connoissance des Indes. Mais les differentes éditions, qui s'en sont faites assez consecutivement, font voir que c'est un conte inventé par ce traducteur pour donner un mérite à sa traduction.

Jean Paul Gallucci en a fait une traduction Italienne, qui a été imprimée en 1596. *in-*4°.

Il y en a une version Flamande, imprimée d'abord *in-*4°. & ensuite inserée dans le 2e. volume du Recueil de voyages imprimés en Hollandois.

Une traduction Allemande a été imprimée à *Francfort* l'an 1617. *infol.*

2. *De Natura Novi orbis libri duo. Salmanticæ* 1589. *&* 1595. *in-*8°. It. *Coloniæ* 1596. *in-*8°. Il a traduit depuis ces deux livres en Espagnol, & les a fait entrer dans son histoire des Indes.

3. *De promulgatione Evangelii apud Barbaros, sive de procuranda Indórum Salute Libri sex. Salmanticæ* 1588. *in-*8°. It. *Coloniæ* 1596. *in-*8°. Cet

J. Aco- Ouvrage contient de fort bonnes
STA. choses & merite d'être lû.

4. *De Christo revelato libri* IX. *Roma* 1590. *in*-4°. It. *Lugduni* 1592. *in*-8°.

5. *De Temporibus novissimis libri* IV. Imprimés avec l'Ouvrage précedent.

6. *Concionum Tomi tres. Salmantica* 1596. *in*-4°. It. *Venetiis* 1599. *in*-8°. It. *Colonia* 1600. & 1609. *in*-8°. Ces Sermons, écrits en Latin, sont d'un stile simple. Il y en a deux ou quelquefois trois pour chaque jour. L'Auteur y a fait entrer des traits d'Histoire, des passages des Poëtes, & des raisonnemens Philosophiques suivant le goût de son temps.

7. Il a mis en Latin les decrets du troisiéme Concile de *Lima*. Mais je ne sçai si cela a été imprimé.

V. *Les Bibliotheques des Jesuites par Alegambe & Sotwel. L'Histoire des Jesuites par le P. Jouvanci. Nicolai Antonii Bibliotheca Scriptorum Hispania.*

Cet Article est tiré d'une Bibliotheque Manuscrite des Voyageurs.

THO-

THOMAS REINESIUS.

THOMAS *Reineſius* naquit à T. Rei-
Gotha, ville de Thuringe en nesius.
Allemagne le 13. Décembre 1587.
de *Jean Reines*, Bourgeois de cette
ville, & d'*Anne Zimmer*.

On l'appliqua de bonne heure à
l'étude, & dès l'âge de douze ans il
ſçavoit déja paſſablement les langues
Latine & Grecque.

En 1603. on l'envoya à *Wittemberg*, où les Profeſſeurs, dont il prit
les leçons, voulurent lui perſuader
de ſe donner à la Théologie : mais
il aima mieux, tant par ſon goût
particulier, que parce que la difficulté qu'il avoit à prononcer certai-
nes lettres le rendoit peu propre à
la predication, ſe tourner du côté
de la Médecine.

Il commença à l'étudier à *Wittemberg*, & alla enſuite en 1607. s'y perfectionner à *Jene*.

Le deſir d'acquerir de nouvelles
connoiſſances l'engagea après cela à
voyager. Il alla d'abord en Bohême,

Tome XXX. F

T. Rei-d'où après quelque séjour, il retour-
sius. na en Allemagne, & pássa en Italie.

La reputation de l'Université de
Padoüe le fit demeurer quelque temps
dans cette ville, pour y profiter des
instructions des Professeurs qui y
enseignoient.

En passant à son retour par *Basle*,
il s'y fit recevoir Docteur en Médecine, & se rendit ensuite à *Altorf*,
dans l'esperance que le credit de
Gaspar Hoffman, son compatriote &
son parent, pourroit lui procurer
une chaire de Professeur dans cette
ville.

Il se maria vers l'an 1615. & épousa *Marguerite Tezel*, dont il eut trois
fils & une fille, mais qui moururent
tous dans l'enfance.

En 1617. il alla s'établir à *Hoff*,
petite ville de Franconie dans le
Marquisat de *Culembach*, & il y pra-
tiqua la Médecine pendant deux
ans.

Au bout de ce temps le Marquis
de *Barheit* l'engagea à venir demeurer dans cette ville, & lui donna la
qualité de son Médecin, & l'inspec-

rion de l'Ecole publique. T. REI-

NESIUS.

Il remplit ces deux poftes jufqu'à
l'an 1627. qu'il paffa à *Altembourg*,
pour y être Médecin de la ville. Il
y demeura pendant plufieurs années,
& y parvint à la dignité de Bourgue-
maître. Ayant perdu fa premiere
femme, il s'y rémaria au mois de
Février 1636. & époufa une veuve,
nommée *Dorothée*, avec laquelle il
vêcut pendant 21. ans, mais dont il
n'eut point d'enfant.

L'Electeur de Saxe l'ayant depuis
honoré de la qualité de fon Confeil-
ler, il alla refider à *Leipfic*; & ce
fut là qu'il mourut le 17. Janvier
1667. dans fa 80. année. Ceux qui
ont mis fa mort au 14. Février ont
pris par erreur le *decimo fexto Kalendas Februarii*, qui eft marqué dans
fa vie, pour *decimo fexto Kalendas
Martii*, qui eft effectivement le 14.
Février.

C'étoit un homme confommé
dans l'étude des Belles-Lettres, & un
Critique habile & penetrant, dont
l'érudition profonde à éclairci bien
des points d'Antiquité, mais dont
le ftile eft dur & peu poli.

F ij

Gatalogue de ſes Ouvrages.

T. REI-NESIUS.

1. *De Diis Syris, ſive de Numinibus commentitiis in Veteri Teſtamento memoratis Syntagma. Lipſiæ 1623. in-4°.*

2. *Chemiatria, hoc eſt, Medicina nobili & neceſſaria ſui parte, Chimia, inſtructa & exornata, inque Theatrum illuſtris ad Eliſtrum Ruthenei Sermone panegyrico producta. Geræ Rhutenicæ 1624. in-4°.* It. *Jenæ 1678. in-4°.*

3. *De Vaſis Umbilicalibus, eorumque ruptura, obſervatio ſingularis. Lipſiæ 1624. in-4°.* Ces deux Ouvrages ſont les ſeuls qui ayent paru de lui ſur la Médecine; les autres regardent les Belles-Lettres.

4. *De Deo Endovellico, ex Inſcriptionibus in Villa Vizoſa Luſitania repertis, Commentatio parergica. Altemburgi 1637. in-4°.* It. Dans le *Syntagma variarum Diſſertationum rariorum* donné par *Jean George Grævius* à *Utrecht* l'an 1702. *in-4°.*

5. Ἰσορύμεκα *linguæ Punicæ, errori populari Arabicam & Punicam eſſe eandem, oppoſita. Altemburgi 1637. in-4°.* It. Dans le Recueil de *Grævius*

ci-deſſus cité. *Reineſius* montre dans
cette diſſertation que la langue Pu-
nique eſt la même que celle des Phœ-
niciens ; ce que *Bochart* a mis depuis
dans un plus grand jour.

6. *Variarum Lectionum libri tres ,
in quibus de ſcriptoribus ſacris & pro-
phanis , Claſſicis pleriſque diſſeritur ,
loca obſcura multa illuſtrantur , diffi-
cilia explicantur , corrupta emendan-
tur , recentiorum etiam quorumdam circa ea fruſtrationes , Interpretumque in
quam plurimis Græcis hallucinationes
notantur. Altemburgi* 1640. *in-*4°.
C'eſt un des meilleurs Ouvrages de
Reineſius , qui cependant a été attaqué en pluſieurs points ; ce qui l'a
obligé de publier la defenſe ſuivante.

7. *Defenſio Variarum Lectionum.
Roſtochii* 1653. *in-*4°.

8. Il a fait des notes ſur *Manilius* ,
qui ſe trouvent dans l'édition ſuivante de cet Auteur : *Marci Mani-
lii Aſtronomicon , reſtitutum à Joſ. Scaligero , cum ipſius Notis ampliſſimis ,
nec non Th. Reineſii & Iſmaëlis Bul-
lialdi Animadverſionibus. Argentorati*
1655. *in-*4°.

T. REI-
NESIUS.

9. *Commentarius in veterem Inscrip-*
tionem Augustæ Vindelicorum haud
pridem erutam. Lipsiæ 1655. *in-*4°.

10. *Epistolæ ad Casparum Hoffman-*
num & Christianum Adamum Ruper-
tum , nec non eorum ad illum Episto-
læ. Lipsiæ 1660. *in-*4°.

11. *Petronii Arbitri Fragmentum*
cum Epicrisi & Scholiis. Lipsiæ 1666.
*in-*8°. Il a dedié cet Ouvrage à M.
Colbert , en reconnoissance d'une
lettre obligeante que ce Ministre lui
avoit écrite , en lui envoyant une
somme d'argent dont le Roi *Loüis*
XIV. avoit voulu le gratifier.

12. *Epistolæ ad Joannem Vorstium.*
Coloniæ Brandenburgicæ 1667. *in-*4°.
C'est *Jean Vorstius* , qui a publié ces
Lettres après la mort de *Reinesius.*

13. *Epistolarum ad Nesteros , patrem*
& filium , conscriptarum farrago. Lip-
siæ 1670. *in-*4°.

14. *Epistolæ ad Christianum Dau-*
mium , & ipsius ad Reinesium Episto-
læ , cum Appendice : Edente Joanne
Andrea B. sio. Jenæ 1670. *in-*4°. Les
Lettres de *Reinesius* sont remplies
d'une érudition très-recherchée ; on
y voit qu'on le consultoit sur les

Antiquités Grecques & Romaines
comme un Oracle, & qu'il repon-
doit toûjours fçavamment aux que-
ftions qu'on lui propofoit.

15. *Herodoti Halicarnaffei Orationes cum notis. Lipfiæ* 1675. *in-8°.*

16. *De Palatio Lateranenfi, ejufque
comitiva Commentatio parergica. Accedit Georgii Schubarti de Comitibus
Palatinis Cæfareis Exercitatio hiftori-
ca. Jenæ* 1679. *in-4°. Reinefius* avoit
envoyé cet Ouvrage à *Bernard Ber-
tram*, Chancelier de *Saxe-Altem-
bourg*, pour lui en dire fon avis; celui-ci y fit quelques corrections, auf-
quelle *Reinefius* oppofa une Reponfe, pour defendre ce qu'il avoit avancé; & ces pieces fe trouvent ici.

17. *Syntagma Infcriptionum antiqua-
rum, cumprimis Romæ veteris, in va-
fto Jani Gruteri opere omiffarum, cum
Commentariis & Indicibus in modum
Gruterianorum adornatis. Lipfiæ* 1682.
in-fol. deux vol.

18. *Differtatio Critica de Sibyllinis
Oraculis.* Cette differtation a été
jointe à l'Ouvrage de *George Schu-
bart* intitulé: *Enarratio parergica Me-
tamorphofeos Ovidianæ de diluvio Deu-*

calionis. Jenæ 1685. *in-4°. Reinesius*
soutient que les Ouvrages , qu'on
attribue aux Sibylles , ont été forgés
par des Chrétiens Héretiques, grands
amateurs de visions & d'entousias-
mes.

19. *Thomæ Reinesii & Joannis Andreæ Bosii Epistolæ mutuæ , è Scriniis
Casp. Sagittarii editæ per Joannem Andream Schmidium ; una cum excerptis
Epistolarum Virorum illustrium ad Josephi editionem facientibus.* Jenæ 1700.
*in-*12.

20. *Thomæ Reinesii Judicium de Col-
lectione MSS. Chemicorum Græcorum,
quæ extat in Bibliotheca Gothana. Reinesius* à écrit ce Jugement en Allemand , mais *Jean Albert Fabricius* la
traduit en Latin , & l'a inseré en
cette langue dans le 12ᵉ. volume de
sa *Bibliotheque Grecque* p. 748.

On a publié sous le nom de *Reinesius* un livre , qui a pour titre :
*Schola Jureconsultorum Medica , Re-
lationum aliquot libris comprehensa ,
quibus principia Medicinæ in jus tran-
sumpta ex professo examinantur. Lipsiæ*
1679. *in-*8°. Mais c'est une trompe-
rie de Libraires , qui à la faveur du
nom

nom de *Reinefius* ont voulu faire paf- fer de nouveau un Ouvrage, qui avoit déja paru trois fois fous le nom de fon veritable Auteur, & fous cet autre titre : *Fortunati Fidelis de Relationibus Medicorum libri quatuor. In quibus ea omnia, quæ in forenfibus ac publicis caufis Medici referre folent, pleniffime traduntur. Panormi* 1602. *in*-4°. It. *Venetiis* 1617. *in*-4°. It. *Studio Pauli Ammanni. Lipfiæ* 1664. *in*-8°. Cette derniere eft apparemment la même au titre près, que celle qui porte le nom de *Reinefius.*

V. *Son Eloge tiré d'un Mémoire Allemand écrit par lui même, & de quelques autres Manufcrits, dans les Memoriæ Philofophorum Henningi Witten. to.* 2. *p.* 461. *Bayle, Dictionnaire.*

DOMIZIO CALDERINI.

DOMIZIO *Calderini* naquit à *Caldiero*, lieu fameux par fes baïns chauds près de *Verone*, fuivant *Paul Jove*, & d'autres qui ont prétendu qu'il avoit tiré fon nom de-là,

D. CAL- ou à *Torri* sur le Lac de *Garde* , com-
DERINI.   me l'assure M. *Maffei*. Mais qu'il
soit né dans l'un de ces deux endroits, il est toûjours sûr qu'il est
né sur le territoire de *Verone* ; ce qui
l'a fait appeller Veronois par quelques Auteurs.

Quelques-uns prétendent encore
que son nom étoit *Dominique* , mais
que voulant en avoir un, qui sentît
l'ancienne *Rome* , il se fit appeller
Domitius ; & tel est le sentiment des
Journalistes de *Venise* tom. 13. p.
454. & de M. de *la Monnoye* dans
ses notes sur les *Jugemens des Sçavans*
de *Baillet*. Mais c'est un fait qui est
nié par M. *Maffei* , je ne sçai sur
quel fondement.

Il apprit les langues Grecque &
Latine d'*Antoine Broianico* , ou *de
Brognoligo* , & fit dans l'une & l'au-
tre de si grands progrès, qu'il n'étoit
encore que dans sa 24e. année , lors-
que le Pape *Paul II.* le fit venir à
Rome , pour y enseigner les Belles-
Lettres.

Il continua à s'acquitter de cet
employ sous le Pontificat de son Successeur *Sixte IV.* qui le fit outre cela

Secretaire Apoſtolique.

Une mort prematurée priva le public des Ouvrages qu'il auroit pû lui donner; car il mourut fort jeune l'an 1477. Les Auteurs ne conviennent point de l'âge qu'il avoit alors. Il n'en avoit que trente, ſi l'on s'en rapporte à *Leandre Alberti* & à *Volaterran :* quelques vers faits ſur ſa mort lui en donnent trente-deux. *Lucio Foſforo,* Evêque de *Segna* va un peu plus loin, dans une épigramme ſur lui, où il parle ainſi :

Te ſcelerata lues ſexta trieteride nondum

Bis, Domiti, elapſa mittit ad Elyſios.

On voit par ces vers qu'il mourut de la peſte, & *Volaterran* dit la même choſe ; mais *Jove* prétend que ce fut une fievre continue qui l'enleva, après qu'il eut ruiné lui-même ſa ſanté par une application trop forte à l'étude.

L'Academie de *Rome* le fit enterrer ſolemnellement, & tous les Ecoliers aſſiſterent à ſes funerailles en habit de deuil.

Vivés l'a traité d'impie & d'hom-

G ij

D. CAL-
DERINI.

me fans Religion, & affure qu'il
n'alloit à la Meffe que le moins qu'il
pouvoit, & que lorfqu'il y alloit
avec quelques-uns de fes amis, il
leur difoit : *Eamus ad communem er-*
rorem. De là vint que *Politien* fit fur
lui cette Epigramme, affez fade.

Audit Marfilius Miffam, miffam
facis illam
Tu, Domiti: magis eft relligiofus
uter ?
Quis dubitet? tanto es tu relligiofior
illo,
Quanto audire minus eft boná
quam facere.

Ces deux Auteurs n'ont parlé ainfi
de *Calderini*, que pour cenfurer fon
libertinage ; mais quelques Proteftans ont envifagé ces chofes d'une
autre façon. *Bayle* dit avoir vû des
livres de Controverfes compofés par
des Théologiens Proteftans, où *Cal-*
derini tient fa place parmi les témoins
de la verité, c'eft-à-dire, parmi les
perfonnes, qui vivant dans le fein
de l'Eglife Romaine, en ont recon-
nu les abus, & fe moque avec raifon
du peu de jugement de ces contro-
verfiftes.

M. *Maffei* pretend que l'irreli-
gion qu'on a attribuée à *Calderini*, n'a d'autre fondement que certains difcours peut-être un peu
trop libres, qui lui ont échappé par
vivacité de jeuneffe, & que fes ennemis fe font fait un plaifir de rele-
ver férieufement. Car on ne trouve
rien dans fes Ouvrages, qui puiffe
faire former le moindre foupçon à
cet égard; on voit même par une re-
futation qu'il avoit faite du livre de
George de Trebizonde contre *Platon*;
mais qui n'a pas été imprimée, que
les chofes de la Religion ne lui
étoient pas entierement indifferen-
tes; puifque fon but eft d'y faire
voir par les autorités des SS. Peres,
que les fentimens de *Platon* étoient
plus conformes aux dogmes du Chri-
ftianifme que ceux d'*Ariftote*.

Au refte s'il a eu des ennemis, il
en a été lui même la caufe : car c'é-
toit un critique prefomptueux, qui
ne pouvoit fouffrir le merite des autres, & traitoit avec hauteur ceux
qui le contredifoient, ou n'étoient
pas de fon fentiment. Il faut cependant lui rendre juftice, en avoüant,

G iij

D. CAL-
DERINI.

qu'il a travaillé avec beaucoup d'ar-
deur au retablissement des Belles-
Lettres, & qu'il y a de bonnes choses dans les Commentaires qu'il a
donnés sur quelques-uns des anciens
Poëtes.

Catalogue de ses Ouvrages.

1. *M. Valerii Martialis Epigram-
mata cum Domitii Calderini Commentariis. Venetiis* 1474. *in-fol.* It. *Venetiis* 1480. *in-fol.* On voit à la suite
de cette édition un écrit de *Calderini*, qui a pour titre : *Defensio cum re-
criminatione adversus Brotheum Gram-
maticum. Calderini* a voulu designer
sous le nom de *Brotheus*, *Ange Sa-
binus*, qui avoit critiqué ses écrits.
Ces Commentaires sur *Martial* ont
été imprimés plusieurs autres fois.
On y a remarqué bien des fautes ;
cependant le P. *Raderus* avoüe dans
l'édition qu'il a donnée de *Martial*,
que *Calderini* y a éclairci le premier
plusieurs endroits fort obscurs.

2. *Commentarius in Statii Sylvas ;
additis notis in Saphonem Ovidii &
Propertii loca obscuriora. Roma* 1475.
in-fol. It. *Brixia* 1476. *in-fol.* M. *Maffei*, qui parle de cette derniere édi-

tion, dit que l'impression en est fort D. CAL-
mauvaise, & qu'on y a laissé en blanc DERINI.
les passages Grecs. It. *Venetiis* 1483.
in-fol.

3. *Commentarius in Ibin Ovidii.*
Venetiis. in-fol. sans date.

4. *Juvenalis Satyræ cum Commen-*
tariis Antonii Mancinelli , Domitii
Calderini, Georgii Merulæ & Geor-
gii Vallæ. Venetiis 1501. *in-fol.*

5. *Annotationes in Virgilium.* Dans
quelques éditions de ce Poëte.

6. *Observationes quædam Criticæ.*
Venetiis. 1508. *in-*8°. It. *Francofurti*
1602. *in-*8°.

7. *Pausaniæ Historici Commentario-*
rum Græciam describentium Attica &
Corinthiaca , ex Interpretatione Do-
mitii Calderini , à Joanne Oporino
emendata. Basileæ 1541. *in-*4°.

Il a fait quelques Poësies, qui ont
leur merite ; mais il n'en a point été
imprimé.

V. P. *Jovii Elogia N*°. 21. *Com-*
mentariorum Urbanorum Raphaëlis Vo-
laterrani Lib. 21. *Supplementum Chro-*
nicorum Jacobi Philippi Bergomatis.
Verona illustrata di Scipione Maffei
Parte 2. Bayle, *Dictionnaire.*

PIERRE LAMBECIUS.

PIERRE *Lambecius* naquit à *Hambourg* l'an 1628. d'*Heinon Lambecius*, Arithmeticien, celebre par ses écrits en ce genre.

Après avoir fait ses premieres études dans sa patrie, il alla visiter les Universités de Hollande & de France, aux depens de *Luc Holstenius*, son oncle maternel, & il y fit de grands progrès dans les Belles Lettres & dans la Jurisprudence. Il n'avoit encore que dix-neuf ans, lorsqu'il publia un Ouvrage sur *Aulugelle*, qui merita l'applaudissement des Sçavans.

Il demeura huit mois à *Toulouse* chez *Charles de Montchal*, Archevêque de cette ville, & ce fut apparemment pendant ce temps qu'il se fit recevoir Licentié en Droit.

Etant allé à *Rome*, il y passa deux années chez le Cardinal *François Barberin*.

De retour à *Hambourg*, il fut fait Professeur en Histoire le 13. Janvier

1652. & on lui donna le Rectorat du
College de cette ville le 12. Janvier 1660.

Il eut mille chagrins à effuyer
dans ces poftes, tant parce qu'il
trouvoit peu de docilité dans fes E-
coliers, dont il ne fçavoit pas fe
faire obéir, que parce que fes en-
vieux l'accuferent d'Eterodoxie, &
même d'Athéifme, & critiquerent
aigrement fa màniere d'enfeigner &
fes Ouvrages.

Un mariage malheureux, qu'il
contracta en 1662. avec une vieille
femme fort riche, mais très-avari-
cieufe, mit lé comble à fon infortu-
në. Il ne fut pas long-temps à fe laf-
fer de fa compagnie, & il prêta auffitôt après l'oreille aux propofitions
de la Reine de Suede, *Chriftine*, qui
étoit alors à *Hambourg*, & qui lui
confeilla de fe retirer ailleurs. Il
abandonna donc cette femme & fa
patrie le 14. Avril 1662. quinze jours
feulement après fon mariage & fe
retira à *Vienne*.

Après avoir eu l'honneur d'y fa-
luer l'Empereur, il paffa à *Rome*, où
il fut bien reçu du Pape *Alexandre*

P. LAM-
BECIUS.

VII. & où la Reine *Christine*, qui s'y étoit rendue, lui donna toutes sortes de marques de bienveillance.

Ce fut alors qu'il fit profession publique de la Religion Catholique, qu'il avoit embrassée déja secrettement en 1647. pendant son séjour en France, par les soins du P. *Sirmond*, Jesuite; ce qui ne l'avoit pas empêché de professer jusques-là à l'exterieur la Religion Lutherienne.

Il retourna sur la fin de l'année 1662. à *Vienne*, ou l'Empereur le fit d'abord le 27. Novembre son sous-Bibliothecaire, & peu après, c'est-à-dire, le 26. Mai de l'année suivante 1663. son Bibliothecaire en chef, à la place de *Matthias Mauchter*, qui s'étoit démis de cet emploi, & lui accorda de plus les titres de son Conseiller & son Historiographe.

Il remplit la place de Bibliothecaire jusqu'à sa mort, & s'y fit une grande reputation par les Ouvrages qu'il publia.

Les Auteurs ne s'accordent point sur le temps ni sur le genre de sa mort. *Henri Witten* veut qu'elle soit arrivée au mois de Septembre 1679.

Henri Meibomius dans fon Introduc- **P. LAM-**
tion à l'hiftoire de Saxe dit qu'il **BECIUS.**
mourut à *Vienne* de la pefte le 24.
Mars 1680. *Daniel Neffelius* d'un autre côté avance dans fon *Breviarium*
& fupplementum Commentariorum
Lambecianorum, que *Lambecius* mourut au mois d'Avril 1680. d'Hydropifie. Il eft plus jufte de s'en rapporter à *Neffelius*, qui ayant été le Suc-
ceffeur de *Lambecius* dans la place
de Bibliothecaire, devoit être mieux
inftruit de ce qui le regardoit
que les autres. Il n'eft pas même
difficile de le concilier avec *Meibo-*
mius, en difant que ce dernier à fuivi le vieux ftile, pendant que l'autre à fuivi le nouveau, & que le 24.
Mars de l'un appartient au mois
d'Avril de l'autre; & en ajoûtant
qu'il peut fe faire, que *Lambecius*
ait été veritablement attaqué de la
pefte, & qu'une hydropifie jointe à
ce mal, ait contribué à le lui rendre
plus funefte, & ait avancé fa mort.
Pour ce qui eft de *Witten*, on ne
doit pas faire beaucoup d'attention
à fon autorité; car on fçait que cet
Auteur à ramaffé fans beaucoup de

P. LAM-
BECIUS.

choix dans son *Diarium Biographicum*, tout ce qu'il trouvoit dans les
livres qu'il copioit, & qu'il s'est
trompé en une infinité d'occasions.

Catalogue de ses Ouvrages.

1. *Prodromus Lucubrationum Cri-
ticarum in A. Gellii Noctes Atticas,
nec non Dissertatio de Vita & nomine
A. Gellii. Parif. Cramoisi* 1647. *in-
8°.* Cet Ouvrage que *Lambecius*
composa à dix-neuf ans, a été réimprimé dans quelques éditions d'*Aulugelle*, entre autres dans celle de
Jacques Gronovius, imprimée à *Leyde* l'an 1706. *in-4°.*

2. *Origines Hamburgenses, sive rerum Hamburgensium liber primus, ab
Urbe condita & A. C.* 808. *ad Annum*
1225. *Cum Appendice, quæ duplicem
S. Anscharii, primi Archiepiscopi
Hamburgensium vitam, cum notis nunc
primum editam, continet. Hamburgi*
1652. *in-4°.*

3. *Rerum Hamburgensium liber secundus, ab anno C.* 1225. *ad annum*
1292. *una cum diplomatum vetusto-
rum, lucem ei afferentium, Mantissa,
Chronologia, & Auctario libri primi
ab A.* 808. *ad A.* 1072. *Dissertatione*

de Asino ad Tibiam, Monumento Ædis Cathedralis sepulchrali insculpto, scriptorum Autoris Catalogo, & Epistolis Joannis Christiani à Boineburg & H. Conringii. Hamburgi 1661. *in*-4°. Cet Ouvrage devoit avoir une suite, qui cependant n'a pas paru, ou n'a pas même été faite, parce que *Lambecius* abandonna sa patrie, l'année d'après la publication du second volume. Il a été réimprimé par les soins de *Jean Albert Fabricius*, avec deux autres, qui étoient devenus rares. *Erpoldi Lindenbrogii scriptores septentrionales. Petri Lambecii Originum rerumque Hamburgensium libri duo. Theodori Anckelmanni Inscriptiones Hamburgenses. Hamburgi* 1706. *in-fol.* L'Histoire de *Lambecius* est écrite avec beaucoup de fidelité & d'exactitude, à l'exception de quelques endroits où son amour pour sa patrie l'a induit en erreur.

4. *Georgii Codini, & alterius Anonymi Excerpta de Antiquitatibus Constantinopolitanis, Grœcè & Latinè, ex versione cumque animadversionibus Petri Lambecii. Accedunt Chrysolorœ Epistolœ très de comparatione veteris &*

*novæ Romæ; Leonis sapientis Imperato-
ris Oracula cum figuris atque antiqua
Græca Paraphrasi ; Explicatio Officio-
rum Sanctæ ac Magnæ Ecclesiæ, Interprete Bernardo Medonio. Paris.
1655. in-fol.*

5. *Prodromus Historiæ Litterariæ, &
Tabula duplex Chronologica Universalis. Hamburgi 1659. in-fol.* It. Avec
l'*Iter Cellense*, comme je le dirai plus
bas. *Lambecius* avoit dessein de donner une histoire Litteraire complette,
depuis l'Origine des Lettres jusqu'à
son temps ; mais ce qu'il en a fait,
est la partie la plus sterile & la moins
interessante. Ce qu'on en voit ici
n'est que le premier livre , qui s'é-
tend depuis la création du monde
jusqu'à *Moyse* , & les quatre premiers chapitres du second livre , qui
ne vont que jusqu'au 13e. siecle avant
Jesus-Christ. Traversé dans l'exécution de son projet par d'autres occupations , il s'est contenté de donner un projet du reste de l'Ouvrage,
c'est-à-dire, les sommaires des 29.
autres Chapitres , qui avec les quatre qui sont ici , devoient composer
le second livre de l'Ouvrage. *Bur-*

card Gotthelff Struve doute dans ſon P. LAM-
Introductio ad Notitiam Rei Littera- BECIUS.
riæ, que *Lambecius* pût réuſſir dans
un Ouvrage de cette eſpece, parce
que quoique très ſçavant, & infatigable dans le travail, il avoit un
ſtile trop diffus, & qu'il avoit plus
d'eſprit que de jugement.

6. *Petri Lambecii Orationes aliquot
in illuſtri Gymnaſio Hamburgenſi habitæ, una cum Programmatibus non-
nullis publice ibidem propoſitis.* Hamburgi 1660. *in-*4°. It. A la tête du 3e.
volume des *Memoriæ Hamburgenſes,*
publiées par les ſoins de *Jean Albert
Fabricius. Hamburgi* 1711. *in-*8°. Il
eſt à propos de parler en détail des
pieces contenues dans ce Recueil.
En voici donc la liſte, diſpoſée ſuivant l'ordre des temps.

*Oratio de Hiſtoriarum cum cæteris
ſapientiæ & Litterarum ſtudiis con-
junctione, habita, cum publicam Hiſtoriarum Profeſſionem, An.* 1652. *die*
13. *Januarii ordiretur.*

*Programma Orationis de Artium Li-
beralium laudibus, A.* 1652. *die* 4.
Junii habita.

Oratio habita, A. 1653. *die* 10. *Ju-*

nii cum explicationem T. Livii aggre-
deretur.

Programma Orationis de Peregrina-
tionum utilitate , A. 1652. die 15. Julii
habitæ.

Programma Orationis de profectione
Jasonis in Colchidem ad aureum vellus,
anno 1653. die 21. Aprilis habita.

Oratio habita anno 1653. die 7.
Octobris , cum secundum T. Livii li-
brum publice explicare aggrederetur.

Oratio in obitum Cl. V. Joannis A-
dolphi Tassii , Professoris Mathematum
in Gymnasio Hamburgensi. Ce discours
funebre , auquel il manque quelque
chose à la fin , ne fut pas prononcé,
parce que le Magistrat le defendit ,
comme une chose qui n'étoit pas en
usage à *Hambourg.* Le Mathematicien, à la loüange duquel il fut com-
posé, étoit né en 1585. à *Worden*
dans l'Archevêché de *Breme* ; il fut
choisi en 1629. pour enseigner les
Mathematiques à *Hambourg* ; & il
mourut dans cette ville le 4. Janvier 1654.

Programma Orationis inauguralis ,
in suscipiendo Rectoratu habita.

Oratio habita anno 1660. die 13.
Janua-

Januarii , cum Rectoratum ſuſciperet. P. LAM-
BECIUS.

Programma in D. Davidis Penshor-
nii J. V. L. & Senatoris Reip. Ham-
burgenſis funere , quod anno 1660. die
13. Martii deducebatur.

Programma Orationis inauguralis D.
Joannis Mulleri , de Scientiarum Ma-
thematicarum laudibus , earumque in
vita humana neceſſitate , habita die 15.
Martii , anno 1660.

Programma Orationis inauguralis
D. Rudolfi Capellen , de ſumma boni
Oratoris neceſſitate , habita die 3. Ap-
prilis , anno 1660.

7. *Commentariorum de Auguſta Bi-*
bliotheca Cæſarea Vindebonenſi libri
octo. Vindebonæ 1665. & ſeq. in-fol.
huit vol. Lorſque *Lambecius* ſe trouva chargé de la Bibliotheque Imperiale de *Vienne*, il ſe propoſa d'abord
de faire trois Catalogues des livres
qui la compoſoient. Il pretendoit
ranger ces livres dans le premier ſuivant l'ordre des *Numero* qu'ils por-
toient, dans le ſecond ſuivant les
differentes matieres dont ils trai-
toient, & dans le troiſiéme ſelon
l'ordre alphabetique des noms de
leurs Auteurs. Il commença ce grand

Tome XXX. H

P. Lam-
becius.

travail par le second Catalogue qu'il crut devoir partager en 25. livres. Le premier étoit destiné à l'histoire de cette Bibliotheque depuis ses commencemens, jusqu'au temps de l'Auteur, & il le donna en 1665. Le second devoit contenir des recherches sur le nom de la ville de *Vienne*, sur quelques Manuscrits concernant cette même ville, & sur les livres de la Bibliotheque *Ambrosienne* & de celle de *Bude* transportés dans la Bibliotheque Imperiale; celui-ci parut en 1669. Les trois suivans étoient pour les Manuscrits Grecs de Théologie, & ils furent imprimés, le troisiéme en 1670. le 4e. en 1671. & le 5e. en 1672. Le sixiéme devoit contenir les Manuscrits Grecs de Jurisprudence & de Médecine; & *Lambecius* le fit paroître en 1673. Les septiéme, huitiéme, & neuviéme étoient destinés aux Manuscrits Grecs de Philosophie, d'Histoire tant Ecclesiastique que Profane & de Philologie; & l'on à le 7e. qui fut imprimé en 1674. & le 8e. que l'Auteur donna en 1679. Ce fut à cela que se termina le travail de

Lambecius, qui étant mort l'année P. LAM-
ſuivante , ne peut aller plus loin. Les BECIUS.
cinq livres ſuivans, juſqu'au 14ᵉ. incluſivement , devoient renfermer
les Manuſcrits , ſoit Latins , ſoit Ita-
liens , Eſpagnols , François & Allemands , concernant la Théologie ,
le Droit , la Médecine , l'Hiſtoire &
la Philologie. Le quinziéme étoit
pour les Manuſcrits Orientaux, c'eſt-
à-dire, Hebreux , Syriaques , Arabes,
Turcs , Perſans , Chinois &c. ſur
toutes ſortes de matieres. On devoit
donner dans le ſeiziéme une liſte de
trois mille Medailles , & d'autres
raretés ou antiquités , qui embelliſ-
ſent la Bibliotheque de *Vienne* ; &
dans le dix-ſeptiéme un Recueil de
mille Lettres choiſies , écrites pendant les deux derniers ſiecles , ſoit
aux Bibliothecaires de l'Empereur ,
ſoit par ceux-ci à divers ſçavans , &
qui ſervent à éclaircir des faits rap-
portés dans les livres précedens. Le
Catalogue des livres imprimés devoit remplir les ſix livres ſuivans ;
& le 25ᵉ. ou dernier étoit reſervé
pour une Hiſtoire Litteraire univer-
ſelle dont *Lambecius* avoit commen-

H ij

**P. Lam-
becius.**

cé à publier l'essai en 1659. On ne peut disconvenir qu'il n'y ait quantité de choses singulieres & curieuses dans l'Ouvrage de *Lambecius*, mais il est trop diffus, & l'Auteur y a fait entrer bien des choses inutiles. *Daniel Nesselius* son successeur en a donné un abregé, auquel il a ajouté la liste des Manuscrits Grecs dont *Lambecius* n'avoit point parlé, & des Manuscrits Orientaux de tout genre. Mais ce supplement est bien inferieur à l'Ouvrage de *Lambecius*, soit pour le stile & la méthode, soit pour le fond des choses. Il est intitulé : *D. Danielis de Nessel Breviarium & supplementum Commentariorum Lambecianorum, sive Catalogus aut recensio specialis Codicum Manuscriptorum Græcorum, necnon linguarum Orientalium augustissimæ Bibliothecæ Cæsareæ Vindobonensis. Vindobonæ 1690. in-fol.* On a donné depuis un abregé des deux Ouvrages sous ce titre : *Bibliotheca Acroamatica, Theologica, Juridica, Medica, Philosophica, Historica, & Philologica, comprehendens recensionem specialem omnium Codicum Manuscriptorum Bibliothecæ Cæ-*

fareæ Vindobonensis, olim à Petro Lam- P. LAM-
becio & Daniele Nesselio congesta, nunc BECIUS.
autem propter insignem raritatem, ca-
ritatem, & præstantiam in hanc concin-
nam epitomen redacta, & luci publicæ
restituta à Jacobo Friderico Reimman-
no. Accessit Dissertatio præliminaris,
in qua de spissis Lambecii & Nesselii
voluminibus accurate disseritur, & hu-
jus instituti ratio prolixius explanatur.
Hannoveræ 1712. *in-*8°. pp. 920.

8. *Epistola de Bibliotheca Cæsareæ*
Vindebonensis Codicibus, qui adornan-
dæ novæ omnium Flavii Josephi operum
editioni Græco-Latinæ possunt inservire.
Vindebonæ 1666. *in-*4°.

9. *Diarium sacri Itineris Cellensis,*
interrupti, & repetiti, quod Imper.
Leopoldus I. anno 1665. 27. *die Junii*
suscepit. Vindobonæ 1666. *in-*4°. It.
Avec quelques autres Ouvrages,
réimprimés ensemble sous ce titre.
Petri Lambecii Prodromus Historiæ Lit-
terariæ, & Tabula duplex Chronogra-
phica universalis. Accedunt in hac edi-
tione præter Autoris Iter Cellense, Ale-
xandri Ficheti Soc. J. arcanam studio-
rum Methodum, atque ideam locorum
communium, nunc primum in lucem

P. LAM-
BECIUS.

editus Wilhelmi Langii Catalogus li-
brorum MSS. Bibliotheca Medicea;
curante Joan. Alberto Fabricio. Ham-
burgi 1710. *in-fol.* L'Ouvrage, dont
il s'agit ici, est un Journal detaillé
du Pelerinage, que l'Empereur *Leo-*
pold fit en 1665. au Monastere de
Marien-zell, dans la haute Styrie, en
action de graces de la victoire qu'il
venoit de remporter sur les Turcs,
à la Journée de *S. Gothard.* Ce Journal est rempli d'observations propres
à enrichir l'histoire Litteraire.

10. *Catalogus Librorum à se compo-*
sitorum & in lucem editorum ab anno
ætatis 19. *usque ad* 45. *nempe ab anno*
1647. *ad* 1673. *Vindobonæ* 1673. *in-*
4°. Il parle dans ce Catalogue de
plusieurs Ouvrages, qu'il avoit dessein de publier; mais que sa mort
arrivée trois ans après l'a empêché
d'achever.

11. *Baptista Sacchi Cremonensis ex*
Vico Platina (vulgò Platinæ) Historia
Inclytæ urbis Mantuæ, & Serenissimæ
familiæ Gonzagæ in libros sex divisa,
nunc primum ex Bibliotheca Cæsareâ
Vindobonensi in lucem edita, cum Chro-
nologia accurata & accessoriis adnota-

tionibus. Vindobonæ 1675. *in-* 4°, *Lam-* P. LAM-
becius a donné mal à propos à *Plati-* BECIUS.
ne le nom de *Baptifte* , au lieu de celui de *Barthelemi* , comme on l'a vû
dans l'article de ce fçavant , tom. 8.
de ces *Memoires.* p. 218. Ses notes ne
s'étendent pas au de-là du premier
livre , d'autres occupations l'ayant
apparemment empêché d'en faire fur
les fuivans.

V. *Johannis Molleri Introductio la*
Hiftoriam Cimbricam. 2ᵉ. *partie p.*
537. *Witten , Diarium Biographicum*
ad An. 1679. *Bayle , Dictionnaire.*

EDOUARD BERNARD.

E DOUARD *Bernard* naquit à *Per-* E. BER-
ry S. Paul, appellé communément NARD.
Paulers-Perry , près de *Towcefter* ,
dans le Comté de *Northampton* le 2.
May 1638. de *Jofeph Bernard* , qui
étoit Curé de ce lieu , & d'*Elizabeth*
Lenche , tous deux de bonnes famil-
les.

Il perdit fon pere , lorfqu'il n'en-
troit encore que dans fa 6ᵉ. année ;
mais fa mere fuppléa à fon défaut.

E. Ber-
nard.

& n'oublia rien pour le bien élever.
Elle l'envoya en 1648. à *Londres*, où
il passa sept années à étudier. Au
bout de ce temps, il fut reçu en qualité d'étudiant dans le College de *S.*
Jean à *Oxford*, dont il fut membre
dans la suite.

Il se fit recevoir Maître-ès-Arts
en 1662. Cinq ans après, c'est-à-dire,
en 1667. il fut élû Procureur de l'U-
niversité. L'année suivante 1668. il
prit le degré de Bachelier en Théologie, devint Recteur de *Cheame*
dans le Comté de *Surrey*, & alla faire un voyage en Hollande, pour y
visiter les Manuscrits Orientaux que
Joseph Scaliger & *Warner* y avoient
possedés, & principalement pour
examiner les 5. 6. & 7e. livres des
Sections Coniques d'*Apollonius*, dont
on n'a point le texte Grec, mais qui
se trouvoient en Arabe dans les Manuscrits de *Golius*. Il avoit dessein de
faire imprimer ces trois livres avec
une traduction & un commentaire
de sa façon ; mais *Chrétien Ravius* le
prevint, en traduisant ces livres, &
en les faisant imprimer à *Kiel* en
1669. L'un & l'autre ignoroit apparemment ;

remment, qu'*Abraham Echellenſis*
avoit déja fait une traduction de ces
trois livres, que *Jean Alphonſe Bo-
relli* avoit publiée avec un Commentaire à *Florence* l'an 1661. *in-fol.*

Lorſqu'il fut de retour en Angleterre, *Chriſtophe Wren*, Profeſſeur
en Mathematiques à *Oxford*, qui
étoit alors obligé d'être à la Cour,
le chargea de ſuppléer pour lui, &
il le fit avec beaucoup d'applaudiſ-
ſement ; ce qui engagea dans la ſuite ce Profeſſeur à lui reſigner ſa chaire.

Bernard en prit poſſeſſion le 9.
Avril 1673. après avoir renoncé à
ſon benefice & à toute fonction Eccleſiaſtique, ſuivant les regles de
l'Univerſité.

Il fit en 1677. un voyage en France. Sept ans après, c'eſt-à-dire, le
30. Octobre 1684. il ſe fit recevoir
Docteur en Théologie à *Oxford*, &
alla la même année faire un tour en
Hollande.

Au commencement de l'année
1691. il fut nommé Recteur de
Brightwell près de *Wallingford*, &
il quitta alors ſa chaire, dans la quel-

Tome XXX. I

le il eut pour Successeur le 6. Février de cette année *David Gregory.*

Il se maria le 6e. Août 1693. quoiqu'âgé de 55. ans, & épousa une jeune & belle fille, nommée *Eleonor Howel*, qui descendoit des Princes de cette partie du pays de Galles, qui est appellée le Comté de *Cardigan.*

Il mourut au retour d'un voyage, qu'il avoit fait en Hollande par l'ordre de l'Université d'*Oxford*, pour y acheter les Manuscrits de *Golius*, le 12. Janvier 1696. suivant l'ancien stile, usité en Angleterre, c'est-à-dire, suivant le nouveau le 22. Janvier 1697. n'ayant pas encore 59. ans accomplis.

C'étoit un homme profond dans l'ancienne Litterature, dans l'Astronomie & les Mathematiques, dans la Chronologie, & dans la Critique.

Catalogue de ses Ouvrages.

1. *Commentatio de Mensuris concavis, ponderibus antiquis, & mensuris distantiarum.* Avec un Commentaire Anglois d'*Edouard Pocock* sur la Prophetie d'*Osée*, imprimé à *Oxford*, en 1685. *in-fol. Bernard* ayant depuis corrigé & augmenté cet Ouvrage, le

fit imprimer féparément fous ce titre : *Eduardi Bernardi de Menfuris
& ponderibus antiquis libri tres , quibus accefferunt duæ Epiftolæ, altera N.
Fatii de Mari Æneo Salomonis , altera Thomæ Hyde de Menfuris & ponderibus Sinenfium ad D. Bernardum.
Oxoniæ* 1688. *in* 8°.

2. *Etymologicum Britannicum.* A la
fin du livre de *George Hicks*, intitulé : *Inftitutiones Grammaticæ Anglo-
Saxonicæ & Mæfo-Gothicæ. Oxonii*
1689. *in-*4°.

3. *Lectiones variantes , & Annotationes in quinque priores libros Anti-
quitatum Judaïcarum. Oxonii* 1686.
in-fol. Cet effay fur *Joseph* , que *Bernard* fit imprimer pour confulter
les Sçavans , n'eut pas tout le fuccès
qu'il fe promettoit. Son commentaire étoit trop diffus , & interrom-
pu par de longues differtations , &
il l'avoit chargé d'un trop grand
nombre de diverfes leçons , & cela
pour faire parade de fon exactitude
& de fa diligence , à ce que préten-
doient fes Cenfeurs. Il reçut là-def-
fus tant de critiques , qu'il n'alla pas
plus loin.

E. BER-
NARD.

4. *Les Longitudes, les Latitudes, les Ascensions droites, & les declinaisons des principales étoiles fixes, suivant les meilleurs observateurs.* (en Anglois) Dans une Lettre datée d'*Oxford* le 27. Mars 1684. & adreſſée à *Robert Huntington*, qui ſe trouve dans les *Tranſactions Philoſophiques* du 20. A-vril 1684. Nº. 158.

5. *Obſervations ſur l'Eclipſe du Soleil du 2. Juillet 1684. faites à Oxford.* (en Anglois) Dans une Lettre à *Jean Flamſted*, inſerée dans les *Tranſactions Philoſophiques* du 20. Octobre 1684. Nº. 164.

6. *Devotions particulieres, & courte explication des dix Commandemens.* (en Anglois) *Oxford* 1689. *in-8°.*

7. *Orbis eruditi Litteratura à Charactere Samaritano deducta.* Gravée ſur une grande feüille.

8. *De Maxima ſolis declinatione, & præcipuarum fixarum longitudine & Latitudine.* Dans les *Tranſactions Philoſophiques* de l'an 1690.

9. *Chronologiæ Samaritanæ Synopſis, ex Manuſcriptis eruta.* Dans les *Acta Eruditorum Lipſienſia* 1691. p. 167.

10. *Notæ in fragmentum Stephani Byzantini.* Dans l'Ouvrage de Jacques *Gronovius* fur ce fragment, imprimé à *Leyde* en 1681. *in-*4°.

11. *Annotationes in Epiftolam S. Barnabæ.* Dans l'édition de cette Lettre donnée par *Jean Fell* en 1685. à O*xford.*

12. *Annotationes in fcriptores Apoftolicos editionis Coteleriana.* Dans l'édition que *Jean le Clerc* en a donnée à *Leyde* l'an 1698. *in-fol.* Ces notes font fort courtes.

13. *Infcriptiones Græcæ Palmyreno-rum, Græcè editæ, cum verfione Latina ac Scholiis & annotationibus Edwardi Bernardi & Thomæ Smithi. Ultraj.* 1698. *in-*8°. Des Marchands Anglois étant à *Alep* en Syrie, y apprirent par le rapport de quelques Arabes, qu'il y avoit à *Palmyre* de précieux reftes de l'antiquité, & en entreprirent le voyage en 1678. par la curiofité de les decouvrir. Mais *Melkam*, homme farouche & cruël, qui commandoit en ce lieu, traita avec une extrême barbarie ceux qu'ils lui avoient envoyez avec des prefens, les retint prifonniers, & ne les

E. BER-NARD.

E. BER-
NARD.

remit en liberté, qu'après avoir exigé deux une grosse rançon. Ainsi ils s'en retournerent sans avoir pû voir qu'en passant les ruïnes de quelques vieux bâtimens. *Melkam* ayant été étranglé pour ses crimes par ordre du Pacha d'*Alep*, les Marchands Anglois sentirent se reveiller dans leur cœur le désir de retourner dans ce Pays, & obtinrent de *Husen*, Prince des Arabes de cette contrée, la permission de le visiter. M. *Halifax*, Ministre de ces Marchands, & Membre du Corps de Christ à *Oxford*, mit par écrit la relation de leur voyage, & la description des Monumens, & l'envoya à *Edouard Bernard*, qui la communiqua à *Thomas Smith*, son ami, pour l'inserer dans les *Transactions Philosophiques*. M. *Halifax* n'employa que quatre jours à examiner les monumens de *Palmyre*, & à en copier les inscriptions. *Bernard* les illustra de quelques Remarques qu'il laissa en mourant à *Thomas Smith*, qui les a fait imprimer avec les siennes. Celles de *Bernard* sont fort courtes, & celles de *Smith* sont un peu plus étenduës.

14. *Catalogi Librorum Manuscrip-* E. BER-
torum Angliæ & Hiberniæ in unum NARD.
collecti. *Oxoniæ* 1697. *in-fol.* deux
vol.

15. *De septuagintavirali versione*
veterum testimonia. A la fin de l'Histoire d'*Aristée*, imprimée à *Oxford*
en 1692. *in-8°.*

16. C'est lui qui a traduit en Latin les lettres des Samaritains aux
Anglois, que *Job Ludolf*, à qui il
avoit communiqué cette traduction,
fit imprimer avec celles que les Samaritains lui avoient écrites, à *Zeits*
l'an 1688. *in-4°.*

17. *Synopsis veterum Mathematico-*
rum, *Græcorum*, *Latinorum*, *& Ara-*
bum. Imprimée à la suite des Lettres
de *Robert Huntington*, *Londres* 1704.
in-8°. & dans le second volume de
la Bibliotheque Grecque de *Fabri-*
cius p. 564. C'est le Projet d'une édition de tous les Mathematiciens anciens en 14. vol. *in-fol.*

V. *Sa vie par Thomas Smith*, qui
l'a jointe à l'Ouvrage précedent. *Athe-*
na Oxonienses. tom. 2. p. 1085.

I iiij

BERNARDIN TELESIO.

BERNARDIN *Telesio*, mal appellé *Tilesio* par quelques Auteurs, naquit à *Cosenza*, ville du Royaume de Naples, dans la Calabre citerieure, l'an 1508. d'une famille noble, & illustre.

On le mena dès son enfance à *Milan*, où il fut élevé sous la discipline d'*Antoine Telesio* son oncle.

Cet oncle étoit un grand Philosophe, & un bon Humaniste qui instruisoit en particulier la jeunesse, & l'on a quelques Ouvrages de sa façon, dont je donnerai la liste, quand j'aurai parlé de ceux de son neveu.

Bernardin Telesio demeura à *Milan* jusqu'à l'an 1525. que son oncle ayant été appellé à *Rome* pour y professer dans le College Romain, il l'y suivit pour y continuer ses études.

Ils demeurerent ensemble encore deux ans, au bout desquelles *Antoine Telesio* ayant obtenu un Benefi-

ce à *Cosenza*, sa patrie, s'y rendit
aussitôt, & laissa son neveu à *Rome*.

Celui-ci fut bientôt après témoin
de la prise de cette ville ; il y perdit même tout ce qu'il avoit, & fut
mis en prison ; mais un de ses com-
patriotes, qui avoit du crédit à la
Cour de l'Empereur, l'en fit sortir,
après qu'il y eut demeuré deux mois.

Les troubles de *Rome* l'ayant dé-
gouté du séjour de cette ville, il en
sortit pour se rendre à *Padouë*. Ce
fut en ce lieu qu'il s'appliqua à l'é-
tude de la Philosophie. *Frederic Del-
fini* y fut son Maître pour les Mathematiques, & *Jerôme Amalthée* lui apprit la Morale. Quant aux autres
parties de la Philosophie, on ignore
qui sont ceux dont il prit les leçons.
Ce qu'il y a de sûr, c'est qu'il voulut lire *Aristote* en sa propre langue,
& que cette lecture le degoûta des
sentimens de ce Philosophe, & lui
fit naitre la pensée de se former des
systêmes qui lui fussent particuliers.

Après avoir reçu à *Padouë* le degré de Docteur en Philosophie en
1535. il retourna à *Rome*, où il se fit
plusieurs amis parmi les sçavans de

B. TELE-
SIO.

cette ville, entre autres *Ubaldino Bandinelli*, & *Jean de la Casa*. Il leur communiqua les desseins qu'il avoit formés pour perfectionner la Philosophie, & leur approbation l'engagea à pousser ses meditations plus loin.

M. *de Thou* pretend que son rare sçavoir joint à la candeur de ses mœurs lui gagna l'estime non seulement de plusieurs personnes des plus considerables de la Cour de *Rome*, mais encore du Pape *Paul IV.* qui voulut lui donner l'Archevêché de la ville de sa naissance, qu'il refusa, en le faisant donner à son frere; mais il a été mal informé sur ce point. Il peut se faire que ce Pape, qui l'avoit connu long-temps avant que d'être élevé au Pontificat, ait eu quelque estime pour lui; mais ce ne peut-être lui, qui ait donné à son frere *Thomas Telesio*, l'Archevêché de *Cosenza*, puisque celui-ci n'y fut nommé qu'en 1565. & qu'il y avoit alors six ans que *Paul IV.* étoit mort. Ainsi le refus que M. *de Thou* attribuë à notre Auteur, & qu'il prétend avoir contribué à l'élevation de son frere, n'a aucun fondement.

Bernardin Teleſio après avoir paſſé quelques années à *Rome* dans la ſocieté des ſçavans de cette ville, ſe retira à *Coſenza*, où il ſe maria. *Diane Seriſali*, qu'il épouſa, lui donna trois fils, dont deux moururent dans l'enfance, & un troiſiéme fut tué par un aſſaſſin dans la force de ſon âge, du vivant de ſon pere.

Cette femme étant morte après quelques années de mariage, *Teleſio* ne vit pas plûtôt le ſeul fils qui lui reſtoit, en âge de ſe charger de ſes affaires domeſtiques, qu'il ſe retira à la campagne, pour y reprendre ſes études Philoſophiques, que ſon mariage & tous les embarras qui en avoient été les ſuites, l'avoient obligé d'interrompre.

Ce fut là qu'il compoſa ſes deux livres de la Nature des choſes, & quelques autres Ouvrages, qui furent reçus à *Naples* avec beaucoup d'applaudiſſemens, par la jeuneſſe qui y étudioit. On l'engagea même à ſe rendre dans cette ville, & à les y expliquer. Ce qu'il fit avec un grand ſuccès; il eut même le plai-

B. TELE-
SIO.

fir de former une Academie de Sçavans, deftinée à étudier la Nature,
& à défendre fes fentimens contre
les attaques des Sectateurs d'*Ariftote*;
Academie qui fut appellée *Telefien-
ne*, & fubfifta quelques années.

Quelques infirmités & fon grand
âge lui ayant fait connoître qu'il n'a-
voit plus long-temps à vivre, il quitta *Naples* pour fe retirer à *Cofenza*,
où après avoir langui pendant dix-
huit mois, il mourut l'an 1588. dans
fa 80ᵉ. année, & fut enterré avec
fon frere *Thomas*, mort 20. ans auparavant, en 1568.

Catalogue de fes Ouvrages.

1. *De Natura rerum juxta propria
principia libri duo. Romæ* 1565. *in-*4°.
Il y a dans cette édition une préface, qui a été retranchée dans les fuivantes. It. *Neapoli* 1570. *in-*4°! Cette
feconde édition contient beaucoup
de changemens. It. *Libri novem, ad
Ill. D. Ferdinandum Carafam Nuce-
riæ Ducem. Neapoli* 1586. *in-fol.* It.
Genevæ 1588. *in-fol.* Cette édition eft
conforme à la précedente de *Naples*,
& renferme neuf livres. L'Editeur y
a joint deux autres Ouvrages de *Phi-*

lippe *Mocenigo*, & d'*André Ceſalpin*, B. TELÉ-
& à réuni le tout ſous ce titre : *Trac-* SIO.
tationum Philoſophicarum tomus unus;
in quo continentur. I. *Philippi Moce-*
nici, Veneti, Univerſalium Inſtitutio-
num ad hominum perfectionem, quate-
nus induſtria parari poteſt, contempla-
tiones quinque. II. *Andreæ Ceſalpini,*
Aretini, Quæſtionum Peripateticarum
libri quinque. III. *Bern. Teleſii, de re-*
rum natura libri novem. Teleſio a voulu renouveller les ſentimens de *Par-*
menide, & y joindre les ſiens ; mais
ce compoſé bizarre n'a pas fait fortune. L'acharnement qu'il a témoi-
gné contre *Ariſtote* lui a même pro-
curé pluſieurs adverſaires, qui ont
pris la defenſe de ce Philoſophe,
pendant que d'autres ont travaillé à
ſoutenir ſes attaques. *Sertorio Quat-*
tromani a donné ſous un nom ſuppoſé un abregé de la Doctrine de *Te-*
leſio, ſon compatriote, qu'il a intitulé : *La Fiſolofia di Bernardino Tele-*
ſio, riſtretta in brevita, e ſcritta in
lingua Toſcana dal Montano, Acca-
demico Coſentino. In Napoli 1589. in-
8°.

2. *De his quæ in aëre fiunt, & de*

*terræ motibus liber unicus. Neapoli
1570. in-4°.*

3. *De Mari liber unicus. Neapoli
1570. in-4°.*

4. *De Colorum generatione opuscu-
lum. Neapoli 1570. in-4°.*

5. *Bernardini Telesii varii de Na-
turalibus rebus libelli, ab Antonio Per-
sio editi, quorum alii numquam antea
excusi, alii meliores facti prodeunt.
Venetiis 1590. in-4°.* Les Opuscules
contenus dans ce Recueil, sont les
huit suivans. *De Cometis & lacteo cir-
culo. De his quæ in aëre fiunt. De Iride. De Mari. Quod animal universum
ab unica animæ substantia gubernetur.
De usu respirationis. De Coloribus. De
somno.* Tous ces traités sont contre
Aristote, à l'exception de celui *quod
animal universum &c.* qui est le plus
long, & dans lequel il attaque *Ga-
lien*.

Il faut maintenant parler des Ouvrages d'*Antoine Telesio*, oncle de
notre Auteur, qu'on a appellé quel-
que-fois mal en Latin *Thylesius*, &
qui mourut à *Cosenza*, sa patrie,
dans un âge assez peu avancé, comme le témoigne *Paul Jove* dans l'E-

loge qu'il en a fait. Voici le Catalogue de ceux que j'ai pû decouvrir.

B. Tele-
sio.

1. *In Odas Horatii Flacci aufpicia
ad Juventutem Romanam. in-4°.* fans
date & fans nom de lieu ; mais le ca-
ractere fait connoître que l'édition
a été faite à *Rome* par *Calvo.*

2. Il a fait des Remarques fur *Ho-
race* , qui fe trouvent dans quelques
éditions de ce Poëte , & entre autres dans une intitulée : *Q. Horatii
Flacci , Poëta Venufini , omnia Poëmata cum ratione carminum & argumentis ubique infertis. , Interpretibus
Acrone , Porphyrione , Jano Parrha-
fio , Antonio Mancinello , nec non Jo-
doco Badio Afcenfio, viris eruditiffimis;
fcholiifque Angeli Politiani , M. Antonii Sabellici , Ludovici Cælii Rhodi-
gini , Baptifta Pii , Petri Criniti , Al-
di Manutii , Matthæi Bonfinis & Jacobi Bononienfis nuper adjunctis. His
præterea Annotationes doctiffimorum
Antonii Thylefii Confentini , Francifci
Robortelli Vtinenfis , atque Henrici
Glareani apprime utiles addidimus.
Nicolai Perrotti de Metris Odarum
&c. Venetiis* 1559. *in-fol. Fabricius*
n'a pas parlé de cette édition dans

B. Tele-ſa Bibliotheque Latine.

SIO.

3. *De Coloribus libellus. Venetiis* 1528. *in*-4°. It. *Pariſ. Henr. Steph.* 1536. *in*-4°. It. *Baſileæ* 1541. *in*-4°. It. *Pariſ.* 1549. *in*-4°. Dans ces trois dernieres éditions, cet Ouvrage eſt joint à *Lazari Bayſii Annotationes in L.* 2. *de Captivis & Poſtliminio rever-ſis, in quibus tractatur de re Navali.* L'Auteur ne traite point des Cou-leurs en Phyſicien, mais en Gram-mairien.

4. *De Coronarum generibus apud Antiquos Commentarius. Coloniæ* 1531. *in*-8°. It. Avec l'Ouvrage précedent & quelques Poëſies. *Baſileæ* 1545. *in*-8°.

5. *Poëmata varia. Romæ* 1524. *in*-4°. Les Poëmes contenus dans ce Recueil ſont les ſuivans. *Cyclops, Reticulum, Hortulus, Galatea, Lu-cerna, Tibia, Nautarum labor, Par-ma, Turris de cœlo percuſſa, Æneas, Nænia de obitu Patris.*

6. *Cyclops hexametro Carmine, & Galatea Elegiaco. Tiguri* 1531. *in*-8°. It. Dans le Recueil précedent.

7. *Imber aureus, Tragœdia, de Da-naë Acriſii filia, quam Jupiter in au-reaм*

ream pluviam mutatus gravidam fecit. B. Tele- sio.
Norimbergæ 1530. *in-8°.* Avec une
préface de *Lelius Aleander.*

8. *Idyllia, five Poëmata feptem ;
Cyclops, Galatea, Lucerna, Arundo,
Æneas, Araneola, Cincedela. Bafileæ* 1545. *in-8°.* Avec les traités *de
Coloribus,* & *de Coronarum generibus.*
Antoine Telefio s'eft toûjours exercé
fur de petits fujets, qu'il a cependant bien traités ; c'eft ce qui a fait
dire à *Jean Matthieu Tofcan* dans le
3ᵉ. livre du *Peplus Italiæ.*

> *Suas Tilefius minutiore*
> *Mufas lemmate, fed novo & faceto*
> *Sic exercuit, ut decus Poëtæ*
> *Ferat perlepidi ac perelegantis.*
> *Sic natus Veneris, vel Adriani*
> *Puer, quos animavit arte cœlum,*
> *Longe plus oculos tenent peritos,*
> *Quam molefve Gigantis invenufta,*
> *Dolatufve manu rudi Coloffus.*
> *Hoc & Tilefius videbat ; unde*
> *Ducit pulchrius effe, judicetur*
> *Si, dum parva canit Poëta magnus,*
> *Quam, fi magna canens, Poëta par-*
> *vus.*

Plufieurs des Poëfies de *Telefio* ont
été inferées dans les *Deliciæ Poëta-*
Tome XXX. K

B. Tele-
sio.

rum Italorum, & dans l'*Amphithea-
trum sapientiæ Socraticæ Jocoseriæ Casparis Dornavii.*

V. *Nicolas Toppi, & Leonard Nicodemo, Bibliotheca Napoletana. Joannis Imperialis Musæum Historicum p.
79. Joannis Georgii Lotteri de Vita &
Philosophia Bernardini Telesii Commentarius. Lipsiæ* 1733. *in-4°.* Ce dernier Ouvrage est un précis, fort juste
& fort bien digeré de tout ce qui a
été dit de *Telesio.*

CHRETIEN DAUMIUS.

C. Dau-
mius.

CHRETIEN *Daumius* naquit le
29. Mars 1612. à *Zwickau,*
ville de Misnie, de *David Daumius*
ou *Daum* Chirurgien de cette ville,
& de *Catherine Streit.*

Après avoir fait dans sa patrie ses
premieres études avec beaucoup de
succès, il alla à *Leipsic* en 1632.
pour les y continuer ; mais la peste
& la guerre ne lui permirent pas d'y
demeurer long-temps. Obligé a retourner à *Zwickau,* il y attendit
que tout fût plus tranquille pour

exécuter le deffein qu'il avoit de vi-fiter les Academies. Voyant l'année fuivante 1633. que les circonftances y étoient favorables , il fe rendit de nouveau à *Leipfic* , d'où il paffa à *Jene* , à *Gera* , & en d'autres villes.

Rendu à fa patrie , il fut fait Re-gent du College de *Zwickau* le 12. Mars 1642. & il remplit cet emploi jufqu'au 21. Juillet 1662. qu'il fut élevé à la Charge de Recteur de ce College. Les fonctions attachées à ces deux places , & divers Ouvra-ges qu'il a compofés , l'ont occupé jufqu'à la fin de fa vie.

Il mourut le 15. Décembre 1687. âgé de 75. ans.

Il avoit été marié deux fois ; il époufa d'abord le 3. Octobre 1642. *Marthe Fickenwirth* , dont il n'eut point d'enfans , & qu'il perdit le 6. Mars 1673. Il époufa en fecondes nôces le 25. Janvier 1674. *Anne Marguerite Averbach* , qui mourut auffi avant lui le 10. Juillet 1686. après lui avoir donné deux enfans , un garçon , nommé *Jean Chrétien* , qui naquit le 30. Octobre 1674. & qui fe fit Médecin , & une fille.

K ij

Catalogue de ses Ouvrages.

C. DAU-
MIUS.

1. *De caufis amiffarum quarumdam linguæ Latinæ radicum. Cygneæ* 1642. *in-8°.* L'Auteur a regardé depuis ce livre comme un Ouvrage fort imparfait. C'étoit comme le prélude d'un autre auquel il a travaillé toute fa vie, mais qui n'a pas paru, c'eft-à-dire, d'un Dictionnaire fort ample de la langue Latine par les Racines, dont le titre devoit être *Indices Analogici.* Jean George Grævius l'a fait entrer dans fon *Syntagma variarum Differtationum rariorum. Ultrajecti* 1701. *in-4°.*

2. *Vertumni Poëtici tres Millenarii, ad fcitum illud Imperatorium,* Fiat Juftitia, aut pereat Mundus. *Cygneæ* 1646. *in-8°.* Ouvrage des plus inutiles.

3. *Strenæ, feu Vota metrica vario Carminum genere. Cygneæ* 1646. *in-8°.*

4. *Verficulus ex Anthologia Græca lib.* 1. *c.* 8. *Epigr.* 6. Multos Thyrfigeros, paucos eft cernere Bacchos, *Latinis Hexametris plus trecenties redditus. Cygneæ* 1652. *in-8°.* Cet Ouvrage fait voir la fecondité de l'Auteur ; mais il montre qu'il n'étoit

pas fort bon menager de son temps, qui auroit pû être mieux employé à quelque chose plus utile.

5. *Xeniorum Schedia M. Zechendor-*
fio oblata. Cygneæ 1653. *in-*8°.

6. *Casparis Barthii soliloquiorum*
rerum divinarum libri 20. *Cygneæ*
1655. *in-*4°. Daumius a eu soin de
revoir cet Ouvrage de *Barthius* , &
de le donner de nouveau au Public,
aussi bien que les suivans du même
Auteur.

7. *Claudiani Ecdicii Mamerti de*
statu Animæ libri tres , *ut & Hermæ*
Pastor , *itemque Paciani Paræneticus*
ad pænitentiam , *cum Barthii Animad-*
versionibus. Cygneæ 1655. *in-*8°.

8. *Willhelmi Britonis Aremorici Phi-*
lippidos libri XII. *sive Gesta Philippi*
Augusti versibus heroicis descripta cum
Commentario Casparis Barthii. Cygneæ
1657. *in-*4°.

9. *Epistolarum Ciceronis à* Joh. *Stur-*
mio Selectarum libri tres cum brevibus
Argumentis & *notis. Cygneæ* 1657.
in- 8°.

10. *Palponista Bernardi Geystensis* ,
sive de vita privata & *aulica libri duo*
versibus Leoninis scripti ; *ex Biblio-*

C. Dau-
mius.

theca Thomæ Reinesii. Nunc primùm
edidit Christianus Daumius, qui & duo
Carmina Walonis Britanni adjecit cùm
brevibus notis. Cygneæ 1660. *in-8°.*
Daumius s'est trompé , lorsqu'il a
crû donner le premier cet Ouvrage
au Public ; il avoit déja été imprimé
à *Cologne* l'an 1504.

11. *Dionysii Catonis Disticha de Mo-*
ribus ad filium, Græcè à Maximo Pla-
nude, Josepho Scaligero, Matthæo Zu-
bero , & Joh. Mylio , Germanicè vero
ex mente Josephi Scaligeri & Casparis
Barthii à Martino Opitio expressa ,
cum notis ejusdem , interpolatis à Chri-
stiano Daumio. Cygneæ 1662. *&* 1672.
in-8°.

12. *Ravisiana & quædam Joannis*
Antonii Campani Epistolæ. Cygneæ
1662. *in-8°.*

13. *Statii Papinii Opera , cum Ani-*
madversionibus Casp. Barthii & Indi-
cibus Daumianis. Cygneæ 1664. *in-4°.*

14. *Pornodidascalus , seu Colloquium*
de astu & dolis Meretricum Petri A-
retini , Latinè versum per Casp. Bar-
thium. Cygneæ 1670. *in-8°.* Il ne faut
pas s'imaginer que cette traduction ,
que *Barthius* s'est donné la peine de

faire, & que *Daumius* a publiée pour
la ſeconde fois à *Zwickau*, ſoit conforme à l'Original infame de *Pierre
Aretin*, intitulé *Ragionamenti*, ni
qu'elle le repreſente tout entier.
C'eſt ſeulement la traduction du 3e.
Dialogue de la premiere partie, faite ſur un autre traduction Eſpagnole, de *Ferdinand Xuarés*, qui avoit
changé entierement le texte de l'*A-
retin*, pour le rendre honnête, d'infame qu'il étoit.

15. *Homiliæ ac Meditationes in fe-
ſtum Nativitatis Jeſu-Chriſti, ex Patrum operibus collectæ.* Cygneæ 1670.
*in-*8°.

16. *Chriſtiani Daumii & Thomæ
Reineſii Litteræ amœbææ & alia*, editæ à *Joanne Andrea Boſio. Jenæ* 1670.
*in-*4°.

17. *Caſparis Barthii Geronticon libri* 11. Cygneæ 1673. *in-*8°.

18. *Hieronymi Græci libellus de Tri-
nitate, & Gennadii Patriarchæ Con-
ſtantinopolitani Opuſcula. Item Hieronymi de Baptiſmo cum notis & Præfatione.* Cygneæ 1677. *in-*8°.

19. *Fabula Camerarii, cum Indice
ab aliis carmine redditarum & alibi*

C. Dau- *reperiendarum & notis. Lipsiæ 1679.*
MIUS. *in-8°.*

20. *B. Hieronymi disputatio ad in-*
stitutionem Christianorum utilissima ,
olim Græcè à Federico Morello edita ,
nunc utraque lingua , opera Christ. Dau-
mii. Cygneæ 1680. in-8°.

21. *Henrici Septimellensis , seu Pau-*
psris Elegia , sive Dialogus de diversi-
tate Fortunæ & Philosophiæ consolatio-
ne. Lipsiæ 1680. in-8°. Daumius a publié le premier ce Poëme d'*Henri de*
Settimello , petit Château à cinq mil-
les de *Florence* , qui vivoit dans le
12ᵉ. siecle ; il l'avoit eu de M. *Ma-*
gliabecchi. On l'a réimprimé depuis
en 1730. à *Florence. in-4°.*

22. *Benedicti Paullini Petrocorii de*
vita B. Martini libri sex : Carmen ad
Nepotulum , & Epigramma Basilicæ
B. Martini apud Turones inscriptum ;
cum Francisci Jureti, Casparis Bar-
thii, Joh. Friderici Gronovii & suis no-
tis recensuit Christianus Daumius, ad-
dito etiam Tertulliani carmine de Jona
& Ninive , & Paullini Pellæi , Auso-
nii nepotis , Eucharistico. Lipsiæ 1681.
in-8°. Daumius a mis à la tête la liste de tous les Poëtes , qui ont écrit
sur

sur des sujets Chrétiens, & les éditions de leurs Ouvrages.

23. *Notæ in P. Optatiani Porphyrii
Epistolam ad Constantinum Imperato-
rem, & hujus ad Porphyrium Epistolam, nec non Porphyrii Panegyricum
Constantino Augusto consecratum.* Ces
notes se trouvent dans le Recueil
des Oeuvres de *Velser*, imprimées
par les soins de *Christophe Arnold*
l'an 1682. *in-fol.*

24. *Christiani Daumii Epistolæ Latinæ ad Joannem Fridericum Hekelium,
editæ à Joh. Andrea Gleich. Dresdæ*
1697. *in-8°.*

25. *Christiani Daumii Epistolæ Phi-
lologico-Criticæ ad Cl. Viros D. Andream Bosium, Joh. Gebhardum, &
Martinum Hankium scriptæ, & tribus
partibus absolutæ, quibus accedit pars*
IV. *seu Appendix ad diversos, nimi-
rum Christophorum Pomarium, Erne-
stum Stockmannum, Joh. Fidlerum,
Val. Merbitzium, Georgium Seide-
lium aliosque exaratæ, ex ipsis Auto-
graphis diligenter erutæ, indicibusque
necessariis ornatæ, atque in lucem publicam emissæ à Joan. Andrea Gleich.
Chemnitii* 1709. *in-8°.* Il paroît par

Tome XXX. L

C. Dau-ces Lettres que *Daumius* étoit un ha-
MIUS. bile homme & un bon critique. On
y trouve plusieurs particularités sur
les éditions des livres & sur les diverses leçons des differentes éditions,
& des differens Manuscrits. Il y en
a cependant, qui sont peu interes-
santes.

26. *Christiani Daumii felix Poëtarum subsidium certissimum, & ad quod-
vis Versuum genus, etiam ad Chrono-
disticha ipsa conscribenda, exercitatis,
ast occupatis Poëtis, promptum usum,
Tyronibus in hac arte adminiculum afferens, cum Oratione ejusdem Rectorali
& Palindromis aliisque carminibus.
Lipsiæ* 1710. *in-*8°.

27. *Catalogus scriptorum, quorum
opera addi potuissent in Lugdunensi
Patrum Bibliotheca.* Ce Catalogue
dressé par *Daumius* se trouve dans
l'Ouvrage de *Thomas Ittigius de Bibliothecis & Catenis Patrum. Lipsiæ*
1607. *in-*8°.

28. *Emmetron Nuptiis V. Cl. Christophori Friderici Leisneri, Scholæ Cygneæ Conrectoris cum virgine lectissima
Clara Concordia Grammia, Cygneæ
celebratis, festinatim admodulatum à*

Chriſtiano Daumio. Cygneæ. in-4°. Cet **C. Dau-** Ouvrage eſt rapporté par *Cinelli*, **mius.** dans ſa *Bibliotheca volante*, *Scanzia terza.*

V. Son Eloge dans la 3ᵉ. partie du livre de *Godefroy Ludovici*, intitulé: *Hiſtoria Rectorum & Gymnaſiorum Scholarumque celebriorum.* On y voit la liſte des Ouvrages qu'il a laiſſé en Manuſcrit : la plûpart roulent ſur la Grammaire ; le plus intereſſant eſt *Vita Poëtarum, maxime recentiorum.*

SUFFRIDE PETRI.

SUFFRIDE *Petri*, ainſi appellé **S. Pe-** parce qu'il étoit fils d'un nom- **tri.** mé *Pierre*, naquit le 15. Juin 1527. à *Leuwarden*, ville de Friſe.

Il fit ſes études à *Louvain*, & il y acquit une grande connoiſſance des langues Latine & Grecque. Il y étoit encore, lorſqu'on l'appella à *Erford* en Thuringe, pour y profeſſer les Belles-Lettres.

On lit dans *Morery*, qu'il fut appellé dans cette ville, après la mort d'*Eobanus*, dont il remplit la place ;

ce qui semble faire entendre que
cela arriva auffitôt après qu'*Eobanus*
fut mort , & que ce fçavant mourut
dans la place de Profeffeur à *Erford*;
mais l'un & l'autre fait eft faux. *Eobanus* abandonna la Chaire d'*Erford*
en 1537. temps auquel *Petri* n'avoit
encore que dix ans , & étoit bien
éloigné de pouvoir être fon Succef-
feur; & il mourut trois années après,
c'eft-à-dire , en 1540. à *Marpourg*.

Petri ayant profeflé quelques années à *Erfort*, retourna dans les Pays-
Bas , où le Cardinal *Antoine Perre-
not de Granvelle* le prit à fon fervice
en qualité de Bibliothecaire & de
Secretaire. Il ne conferva ces deux
poftes que peu de temps ; car degou-
té du tumulte de la Cour , il fe retira à *Louvain* , où il fe maria , & fe
fit recevoir Docteur en Droit en
1571. *Valere André* dit que ce fut
en 1574. mais il eft vifibile qu'il fe
trompe , puifque *Petri* fit alors un
difcours *de Romanarum Legum præ-
ftantia* , qui fut imprimé en 1571.

Il fupplea enfuite quelque temps
pour *Theodoric Langius* , Profeffeur
en langue Grecque dans le College

des trois Langues à *Louvain*, à qui
ſon grand âge & ſes infirmités ne
permettoient pas de faire aſſiduement les fonctions de ſa Charge, &
qui mourut en 1578. Il lui auroit apparemment ſuccedé, s'il avoit demeuré à *Louvain* juſqu'à ce temps-là; mais il avoit été appellé à *Cologne* l'année précedente 1577. pour
y être Profeſſeur en Droit, & il
avoit accepté cette chaire d'autant
plus volontiers, qu'il étoit bien aiſe
de s'éloigner d'un pays, où les troubles, qui y regnoient, ne lui permettoient pas de joüir de la tranquillité, qu'il aimoit.

Ayant perdu ſa femme, qui mourut le 31. Mars 1580. (a) il embraſſa
l'état Eccleſiaſtique & reçut l'ordre
de Prêtriſe. Il fut depuis Chanoine
de l'Egliſe des douze Apôtres à *Cologne*, & Principal du College des
Couronnes dans la même ville, où
il demeura toûjours depuis ce temps-là.

Les Etats de Friſe le choiſirent
auſſi pour leur Hiſtoriographe, &

(a) *De ſcriptoribus Friſiæ V. Rembertus
Dodonæus.*

L iij

lui donnerent une penfion en cette
qualité.

Il mourut d'hydropifie à *Cologne*
le 23. Janvier 1597. âgé de 69. ans,
& fut enterré dans l'Eglife des douze Apôtres avec cette Epitaphe.

D. O. M.

*Suffrido Petro Leowardienfi Frifio
V. J. C. doctiffimo, Græcæ linguæ fcien-
tiffimo, libris multis editis clariffimo,
tribus Pontificibus Maximis, & S. R.
E. fui temporis præcipuis Cardinalibus
ob doctrinam charo, Frifiorum Hifto-
rico, hujus Ecclefiæ Canonico, populari optime de fe merito, Gauco Gau-
kema, Frifius, Canonicus Aquifgra-
nenfis, pietatis ac memoriæ caufa H.
M. F. curavit anno 1611. Menfe
Quintili.*

*Deceffit Hydropicus, die Jovis x.
Kal. Februarii anno Chriftiano 1597.
hora nona matutina, fub Clemente
VIII. Papa, Rudolpho II. Imperatore,
Ernefto Bavaro Colonienfe Archiepif-
copo, & Ferdinando Bavaro ejufdem
Archiep. Coadjutore, cum vixiffet annos 69. Menfes 7. Dies 8. Elatus eft
ipfa Converfionis Pauli.*

C'étoit un homme fort laborieux, S. PE-
& grand amateur du travail ; mais il TRI.
auroit été à souhaiter qu'il eût eu
plus de critique & de discernement;
il n'auroit pas fait entrer dans ses
Ouvrages tant de choses fabuleuses.

Catalogue de ses Ouvrages.

1. *Plutarchi de educandis liberis liber, interprete Suffrido Petro, cum ejus
scholiis. Basileæ* 1551. *in-*8°. Il fit cette traduction & les suivantes pendant qu'il professoit à *Erford.*

2. *Plutarchi Opuscula; septem sapientum Convivium. An seni sit admi-
nistranda Republica. De parentum er-
ga liberos naturali benevolentia. De
Symbolo E I. Latinè versa: Interprete
Suffrido Petro. Erphordiæ* 1558. *in-*8°.

3. *Carmen gratulatorium in electio-
nem Kiliani Vogelii, Montis S. Petri
apud Erphordiam Abbatis. Erphordiæ*
1558. *in-*8°.

4. *Plutarchi Opuscula; utrum Ignis
an Aqua utilior sit ? Utrum Athenien-
ses bello an sapientia clariores extite-
rint ? Disputatio de primo frigido. Quæ-
stiones Platonicæ. Erphordiæ* 1559. *in-*
8°.

5. *Plutarchus de Iside & Osiride.*

L iiij

*Item de esu Carnium ; Latinè. Inter-
prete Suffrido Petro. Lovanii* 1564. *in-
8°.*

6. *Orationes quinque de utilitate
multiplici Linguæ Græcæ. Basileæ. Opo-
rin.* 1566. *in-8°.*

7. *Oratio pro reformatione Univer-
sitatis Erphordiensis. Erphordiæ* 1566.
in-8°.

8. *Athenagoræ Atheniensis Apologia vel Legatio pro Christianis, Latinè versa à Suffrido Petro, cum Commentariis. Coloniæ* 1567. *in-8°.*

9. *Ciceronis de Officiis, de Senectu-
te, de Amicitia libri, & Paradoxa ;
cum annotationibus Suffridi Petri. Basileæ. Oporinus* 1568. *in-8°.* Il avoit
dessein de donner tous les Ouvrages de *Ciceron* avec des observations
semblables ; mais d'autres occupations l'en ont empêché.

10. *Hermiæ Sozomeni Historicæ Ec-
clesiasticæ libri tres posteriores, Latinè
versi ; cum Scholiis. Coloniæ* 1570. *in-
fol.*

11. *Oratio de Legum Romanarum
præstantia, Lovanii habita. Antuerpiæ*
1571. *in-8°.*

12. *Martini Poloni, Archiepiscopi*

Coſentini ac ſummi Pontificis Pœniten-
tiarii Chronicon expeditiſſimum, ad
fidem veterum Manuſcriptorum Codi-
cum emendatum & auctum. Antuerpiæ.
Chriſt. Plantin. 1574. *in-*8°. *Suffride*
Petri, qui a donné cette édition,
dit que les additions qu'on y trouve
vont à un tiers de l'Ouvrage. Le fameux paſſage touchant la prétenduë
Papeſſe y eſt.

13. *De Illuſtribus Eccleſiæ ſcripto-*
ribus Autores præcipui veteres. 1°. *D.*
Hieronymus, Stridonenſis Presbyter.
2°. *Gennadius, Maſſilienſis Presbyter.*
3°. *Iſidorus, Hiſpalenſis Epiſcopus.* 4°.
Honorius, Auguſtodunenſis Presby-
ter. 5°. *Sigebertus, Gemblacenſis Mo-*
nachus. 6°. *Henricus de Gandavo,*
Archidiaconus Tornacenſis. Partim an-
tea excuſi, partim nunc demum in lu-
cem editi ; cum Annotationibus. Opera
Suffridi Petri. Coloniæ 1580. *in-*8°.

14. *De Friſiorum antiquitate & ori-*
gine libri tres. Coloniæ 1590. *in-*8°. Il
compoſa cet Ouvrage, pour repon-
dre à l'honneur que les Etats de Friſe lui avoient fait, de le choiſir pour
leur Hiſtoriographe ; mais il y fit entrer bien des fables, qui lui attire-

rent une vive critique de la part
d'*Ubbo Emmius.* Il tâcha d'y repondre dans l'Ouvrage suivant, qui ne
fut publié qu'après sa mort.

15. *Apologia Suffridi Petri pro antiquitate & origine Frisiorum, cum Bernardi Gerbrandi Furmerii Leewar-
diensis J. C. & ejus in scribenda historia successoris peroratione contra Ubbo-
nem Emmium. Addita Inscriptio est antiqua, suis characteribus expressa, uti
hodieque Roma visitur, de Frisiorum
sub Carolo Magno expeditione; unà
cum judiciis Doctorum & illustrium virorum de tribus libris ejusdem Suffridi
Petri, quos scripsit de antiquitate &
origine Frisiorum. Franekera* 1603. *in-*
4°. *Ubbo Emmius* refuta ces deux A-
pologies par une piece qu'il joignit
à son Histoire de Frise, dans l'édition de 1616. faite à *Leyde in-fol.*
sous ce titre : *De Origine & antiquitatibus Frisiorum Assertio veritatis,
contra Suffridi Petri, & Bernardi Furmerii fabulas & criminationes.* Il n'eut
pas de peine à y combattre l'imagi-
nation de ces Auteurs, qui alloient
chercher dans les Indes l'Origine
des peuples de Frise.

16. *De Scriptoribus Frisiæ Decades* S. Pe-
XVI. *& semis : In quibus non modo pe-* TRI.
culiares Frisiæ, sed & totius Germaniæ
communes antiquitates plurima indican-
tur, & veterum Historicorum ac Geo-
graphorum loci, hactenus non intellecti,
explicantur; causæque redduntur dilu-
cidæ, cur veteres Germani præter me-
ritum ruditatis & imperitiæ à quibus-
dam in re litteraria arguantur. Coloniæ
1593. in-8°. It. Franequeræ 1699. in-
16. Cet Ouvrage, qui est curieux
pour les Auteurs qui étoient voisins
du temps de *Petri,* en renferme plusieurs, qui sont purement imaginai-
res. *Baillet* l'accuse d'en avoir voulu imposer sur cela au Public, en
les forgeant lui-même à plaisir; mais
il est plus probable qu'il a été trompé le premier, & qu'il s'en est rapporté avec trop de confiance aux Hi-
storiens fabuleux qui l'avoient pre-
cedé, n'ayant pas assez de discernement pour distinguer dans leurs Ouvrages le mensonge de la verité.

17. *Historia veterum Episcoporum*
Ultrajectinæ Sedis & Comitum Hol-
landiæ, explicata Chronico Joh. de
Beka & Historia Willelmi Hedæ,

cum Appendice usque ad annum 1574.
*à Suffrido Petro , cùmque notis Bernar-
di Furmerii. Franequeræ* 1612. *in-*4°.

18. *Gesta Pontificum Leodiensium à
Joanne de Bavaria , usque ad Erar-
dum à Marcka.* C'est-à-dire , depuis
l'an 1389. jusqu'en 1505. Cette con-
tinuation de l'histoire des Evêques
de *Liege* faite par *Petri* , se trouve à
la p. 69. du 3e. volume du Recueil
publié par *Jean Chapeauville* sous ce
titre : *Qui gesta Pontificum Leodiensium scripserunt Autores præcipui. Leo-
dii* 1616. *in-*4°.

V. *Valerii Andreæ Bibliotheca Belgica. Francisci Sweertii Athenæ Belgicæ. Auberti Miræi Elogia illustrium
Belgii Scriptorum. Les Éloges de M.
de Thou & les additions de Teissier.* Sa
vie tirée de ses écrits par *Chapeauville* , qui l'a mise à la tête de sa continua-
tion de l'Histoire des Evêques de *Liege.*
Elle est fort peu exacte.

MICHEL NEANDER.

M. NEAN-
DER.

MICHEL *Neander* naquit en
1525. à *Soraw*, ville de la
baſſe Sileſie, d'un Marchand de cette ville.

Il fit ſes premieres études dans
cette ville, ſous *Henri Théodore*, qui
fut depuis Surintendant des Egliſes
du Duché de *Lignitz*. Il viſita enſuite les Academies, & s'arrêta principalement à *Wittemberg*, où il prit
des leçons de *Melanchthon*, & où il
fit de grands progrès dans les ſcien-
ces, ſur tout dans les langues Grecque & Latine.

En 1549. il fut appellé à *Northu-
ſen*, ville Imperiale de la Thuringe,
pour y enſeigner la jeuneſſe ; ce qu'il
fit avec beaucoup de reputation.

Thomas Stangius, dernier Abbé
d'*Isfeld*, ayant embraſſé la prétendue Reforme, & ayant à cette occa-
ſion changé ſon Abbaye en College,
en donna la conduite à *Neander*,
qui la conſerva juſqu'à la fin de ſa
vie, c'eſt-à-dire, pendant plus de

M. NEAN-
DER.

quarante ans. Il y enseigna avec succès les Belles-Lettres, & forma plusieurs habiles gens, qui ont contribué, aussi bien que ses Ouvrages, à
le rendre célebre.

Il mourut à *Isfeld* le 6. May 1595.
âgé de 70. ans, sans avoir été marié.
Les Auteurs Allemands mettent sa
mort le 26. Avril, suivant le vieux
stile ; ce qui dans le nouveau revient
au 6. May, auquel M. *de Thou* l'a
placée.

Catalogue de ses Ouvrages.

1. *Erotemata Græcæ linguæ, cum
Præfatione Philippi Melanchthonis de
utilitate linguæ Græcæ. Basileæ* 1553.
*in-*8°. It. *cum Præfatione Neandri de
Bibliothecis vetustis. Basileæ* 1565. *in-*
8°. *Maderus* a inseré le traité des
Bibliotheques anciennes de *Neander*
dans le Recueil qu'il a donné sur
cette matiere. It. *Recognita & locu-
pletata à Joanne Vollando. Lipsiæ* 1589.
*in-*8°.

2. *Græcæ linguæ Tabulæ Basileæ* 1564.
*in-*8°. It. *Ab Autore recognita. Wit-
tembergæ* 1581. *in-*8°.

3. *S. Linguæ Hebrææ Erotemata,
cum Veterum Rabbinorum testimoniis de*

Chrifto , *Apophthegmatibus veterum* M. NEAN-
Hebræorum , & *notitia de Talmude* , DER.
Cabbala &c. Bafileæ 1556. 1561.
1567. *in-8°.* It. fous le titre de *Gram-*
matica Hebræa. Bafileæ 1572. *in-8°.*

4. *Ariftologia Pindarica Græco-La-*
tina , *quidquid in Pindaro* , *Vate* , *ut*
vetuftiffimo , *ita quoque caftiffimo &*
fapientiffimo , *memorabile* , *notatu dig-*
num , & *rarum* , *nec alibi fimiliter ob-*
vium , *cum Prolegomenis de vita ejus* ,
& *quatuor Ludis Græcorum folemni-*
bus , *notifque marginalibus. Bafileæ*
1556. *in-8°.* C'eft un extrait de ce
qu'il y a de plus utile & de plus moral dans *Pindare.*

5. *Sententiæ Novem Lyricorum* ,
nempe Pindari , *Simonidis* , *Anacreon-*
tis , *Bachylidæ* , *Stefichori* , *Alcæi* ,
Sapphus , *Alcmanis* , & *Ibyci* , *collectæ*
ex variis libris. Bafileæ 1556. *in-8°.*
A la fuite de l'Ouvrage précedent ,
qui contient les fentences de *Pinda-*
re.

6. *Ariftologia Græco-Latina Euripi-*
dis , *qua quidquid in ejus Tragicis me-*
morabile hæret , *continetur. Bafileæ*
1559. *in-8°.*

7. *Anthologicum Græco - Latinum.*

Basilea 1556. *in*-8°. Ce sont des sentences remarquables tirées de quelques anciens Poëtes Grecs, *Hesiode Theognide*, *Pythagore*, *Phocylide*, *Aratus* & *Theocrite*, & rangées sous près de deux cent titres, avec l'explication à la marge. Elles sont suivies de quelques autres tirées des Ecrits de *Platon*, *Xenophon*, *Plutarque* & *Justin* Martyr. *Neander* se plaisoit à faire de semblables recueils, qui ne lui ont pas couté beaucoup.

8. *Gnomologia Græco-Latina*, *sive insigniores sententiæ Philosophorum*, *Poëtarum*, *Oratorum*, *& Historicorum ex magno Anthologio Johannis Stobæi excerpta*, *& in locos supra bis centum digesta. Basilea* 1557. *in*-8°.

9. *Gnomologicum Græco - Latinum*, *in duos distributum libros & sententias ex omni genere veterum scriptorum complexum. Basilea* 1564. *in*-8°. Ce Recueil est different du précedent.

10. *Opus aureum & Scholasticum. Lipsia* 1577. *in*-4°. Les pieces contenues dans ce Recueil Grec & Latin sont les suivantes. *Pythagoræ Carmina aurea. Phocylidæ Poëma admonitorium. Theognidis Gnomologia. Gnomologici*

mologici ex Græcis scriptoribus prosa- M. NÉAN-
riis collecti libri duo. C'est l'Ouvrage DER.
dont j'ai parlé au N°. précédent. *A-*
pophthegmatum ex Græcis scriptoribus
libri duo , collecti à Matthæo Gotho ,
Nili sententiæ cum versione & Scholiis
Neandri. Coluthi Helenæ raptus. Try-
phiodori Poëma de Trojæ excidio. Coin-
ti Smyrnæi de Ilii excidio libri duo &
Reditus Græcorum. Laurentio Rhodo-
manni Poëmata tria Græco-Latina. Lu-
ciani Somnium , seu Gallus , cum ver-
sione Neandri.

11. *Sententiæ Theologicæ Selectiores*
Græco-Latinæ. Basileæ 1557. *in-8°.* Ce
font des sentences tirées des Peres
& des Théologiens Grecs. *Neander*
les a depuis fait entrer dans le Recueil suivant.

12. *Catechesis parva Martini Lu-*
theri Græco-Latina , ex versione Græ-
ca Joannis Mylii , recognita à Mich.
Neandro , cum aliis quibusdam. Basi-
leæ 1564. *&* 1567. *in-8°. Neander* a
joint au petit Catechisme de *Luther ,*
outre les *Sententiæ Theologicæ ,* un
mélange de pieces qu'il a intitulé :
Apocrypha , hoc est , Narrationes de
Christo , Maria , Josepho , cognatione

Tome XXX. M

& familia Christi, extra Biblia, apud veteres tamen Græcos scriptores, Patres, Historicos & Philologos reperta, ex Oraculorum & Sibyllarum vocibus, gentium etiam testimoniis, denique multorum veterum Autorum libris descripta expositaque Græcè & Latinè, per Mich. Neandrum. Parmi ces pieces, on trouve *Protevangelium, Jacobo Apostolo tributum, nunc primùm editum Græcè & Latinè.*

13. *Loci communes Philosophici Græci, sive doctrinæ veterum Græcorum sapientum sententiæ de moribus & virtutibus ex omnibus fere Græcis veteribus excerptæ, & è notationibus Mich. Neandri editæ à Joanne Vollando. Lipsiæ* 1588. *in-8°. Vollandus* avoit été disciple de *Neánder.*

14. *Gnomologia Latina ex omnibus Latinis vetustis ac probatis Autoribus, recentioribus etiam aliquot, in locos communes congesta. Lipsiæ* 1581. & 1590. *in-8°.*

15. *Ethice vetus & sapiens veterum Latinorum sapientum, seu sententiæ è singulis Autoribus & Poëtis excerptæ. Accesserunt versus Proverbiales Leonini, & sententiæ Germanicæ proverbia-*

les , ordine Alphabetico. Lipfiæ 1585. M. NEAN-
*in-*8°. DER.

16. *Argonautica , Thebaïca , Troï-
ca , Ilias parva , Arion , Poëmatia
Græca è Manufcriptis , cum Argumentis & notis marginalibus à M. Neandro edita. Lipfiæ* 1588. *in-*8°. Ces
Poëmes Grecs font de *Laurent Rho-
doman.*

17. *Phrafeologia Ifocratis Græco-
Latina , id eft , Phrafeon , five locutionum , Elegantiarum Ifocraticarum
loci , feu Indices numerofiffimi Græco-
Latini , ex ipfo Ifocrate obfervati &
collecti. Bafileæ* 1558. *in-*8°.

18. *Joannis Vollandi de re Poëticâ
Græcorum libri* IV. *è notationibus &
Bibliotheca Michaëlis Neandri collecti.
Lipfiæ* 1582. 1592. & 1613. *in-*8°.
Cet Ouvrage eft proprement de
Neander , des remarques duquel il a
été tiré , & qui l'a revû , après que
Vollandus l'a eu mis en ordre ; c'eft
même lui qui en a fait la préface.

19. *Lycophron ; Gracè & Latinè.
Bafileæ* 1556. *in-*8°.

20. *Theocriti Eidyllia Græco-Latina , cum argumentis. Bafileæ* 1557. *in-*
8°.

M ij

M. Nean-
der.

21. *Commentariolus in locos obscuriores & difficiliores Luciani Dialogi, cui titulus: Somnium seu Gallus. Basileæ* 1557. *in-*8°. On l'a joint à l'Ouvrage marqué au N°. 8.

22. *Elegantiæ Græcæ linguæ, seu locutionum Græcarum formulæ, ex Mich. Neandri notationibus collectæ, auctæ, & Græcè Latinèque editæ à Joanne Vollando. Lipsiæ* 1589. *in-*8°.

23. *Biblia parva Latino-Germanica; sive Theologia & Ethica Scripturæ sacræ brevibus sententiis explicata. Witebergæ* 1584. *in-*8°.

24. *Theologia Christiana. Lipsiæ* 1595. *in-*4°.

25. *Theologia Lutheri, seu Aphorismi & sententiæ ex operibus ejus. Islebiæ* 1581. *in-*8°.

26. *Theologia Bernhardi & Tauleri ex eorum Monumentis descripta. Islebiæ* 1581. *in-*8°. Avec l'Ouvrage précedent.

27. *Mich. Neandri Compendium Dialecticæ & Rhetoricæ Philippi Melanchthonis facili & perspicua brevitate ita traditum, ut adolescens, probe cognitis ac perceptis intra menses paucos illis præcipuis præceptis, deinde*

sine negotio discere possit. Islebiæ 1586. M. NEAN-
*in-*8°.   DER.

28. *Mich. Neandri Compendium
Grammaticæ Latinæ Philippi Melanchthonis pro incipientibus. Item nomenclator puerilis novus trilinguis. Witte-
bergæ* 1594. *in-*8°.

29. *Orbis terræ partium succincta explicatio seu simplex enumeratio, distri-
buta in singularum partium regiones;
ubi singulis regionibus suæ urbes, elogia, & præconia, Personæ, sive illustres, sive infames, fontes, merces,
singularia & propria singulis, & cæ-
tera quacumque ratione insignia, ad-
miranda & nova adtribuuntur. Lipsiæ*
1582. 1586. 1589. 1597. *in-*8°. L'E-
dition de 1589. qui est la troisiéme,
a de plus que les autres quelques
relations de voyages, qui ont été
ajoutés à la fin.

V. *Joan. Conradi Dieterici Propa-
gatio Græcarum Litterarum & Poëseos
per Germaniam, à Triumviris littera-
riis, Michaële Neandro, Martino
Crusio, & Laurentio Rhodomanno in-
stituta. Giessæ* 1661. *in-*4°. *Melchioris
Adami vitæ Germanorum Philosophorum &c. Georgii Lizelii Historia Poë-*

MICHEL NEANDER
LE MEDECIN.

MICHEL *Neander* le Méde-cin, que quelques Auteurs ont confondu avec celui, dont je viens de parler, naquit le 3. Avril 1529. à *Jochemstal*, ville de Misnie, voisine de la Boheme.

Il fit ses études à *Wittemberg*, où il fut fait Bachelier en Philosophie le 17. Septembre 1549. & Maître-ès-Arts le 10. Août de l'année sui-vante 1550.

Il étudia ensuite en Médecine à *Jene*, & y fut reçu Docteur en cette faculté le 22. Août 1558.

L'application qu'il donna à cette science ne l'empêcha pas d'enseigner dans la même ville les Mathemati-ques & la langue Grecque; emploi dont il fut chargé le 6. Janvier 1551.

Il eut depuis, c'est-à-dire, le 25. Juin 1560. une Chaire de Médecine dans la même Université, dont il

fut deux fois Recteur, en 1566. & M. NEAN-
1576. DER.

Il mourut le 23. Octobre 1581.
âgé de 52. ans.

Il avoit épousé le 12. Février 1555.
Catherine Muhlpfort, qui mourut en
1613.

Catalogue de fes Ouvrages.

1. *Synopfis Menfurarum & Ponde-*
rum, ponderationifque menfurabilium
fecundùm Romanos, Athenienfes, Geor-
gos & Hippoïatros, ex præftantiffimis
Autoribus hujus generis contracta. Ac-
cefferunt quæ apud Galenum hactenus
extabant de Ponderum & Menfurarum
ratione vehementer depravata, nunc
Græcè & Latinè multo correctiora. Ba-
fileæ 1555. in-4°. Plufieurs Bibliothecaires ont mis mal à propos cet
Ouvrage parmi ceux de *Neander* de
Soraw.

2. *Methodorum in omni genere ar-*
tium brevis & fuccincta ὑφήγησις. *Ba-*
fileæ 1556. in-8°.

3. *Difputatio inauguralis de Ther-*
mis. Jenæ 1558. in-4°. C'eft la Thefe
qu'il foutint à fa promotion au Doc-
torat.

4. *Phyfice, feu Sylloge Phyfica re-*

M. NEAN-*rum eruditarum ad omnem vitam uti-*
DER.   *lium; partibus duabus, ex prælectioni-*
bus Michaëlis Neandri. Lipsiæ 1585.
& 1591. *in-*8°. Jean *Moller* dans son
Homonymoscopia p. 705. prétend que
van der Linden s'est trompé, en attribuant à *Neander* de *Jochemsthal*
cet Ouvrage, qui appartient à celui
de *Soraw*; mais l'erreur est de son
côté, puisque *Gaspar Zeumer* dans
les vies des Professeurs de *Jene* le
donne sans hesiter à celui de *Jochemsthal*, à qui en effet il paroît
mieux convenir qu'à l'autre.

5. *Sphærica elementa, cum Compu-
to Ecclesiastico.* On ne marque point
la date de l'édition de cet Ouvrage.

V. *Adriani Beieri Nomenclator Rectorum & Professorum Jenensium. Jenæ*
1658. *in-*12. *Jo. Casparis Zeumeri
Vitæ Professorum Jenensium. Jenæ* 1711.
*in-*8°. *Freheri Theatrum Virorum Doctorum.* p. 1279.

LUC

LUC GAURIC.

L*UC Gauric* naquit à *Gifoni* dans la Principauté Citerieure, au Royaume de *Naples*, le 12. Mars 1476.

Il s'appliqua beaucoup aux Mathematiques, dans lesquelles il se rendit habile pour son temps; mais il eut sur tout une passion singuliere pour l'Astrologie judiciaire. On pretend que son habileté en cette prétenduë science, fut si grande, qu'il prédit plusieurs évenemens considerables, qui arriverent effectivement.

La plus considerable de ses predictions fut celle qu'il fit à *Jean Bentivoglio*, Seigneur de *Boulogne* en Italie, pendant quelque séjour qu'il fit en cette ville en 1506. Il lui prédit que la même année il seroit chassé de cette ville, & privé de sa Souveraineté; ce qui n'étoit pas difficile à conjecturer par les cruautés que *Bentivoglio* exerçoit depuis long-temps, & les mesures que le Pape

Tome XXX. N

prenoit alors pour venir l'attaquer.
Une prediction semblable ne pouvoit
qu'irriter *Bentivoglio*, qui l'ayant fait
saisir aussitôt, lui fit donner cinq
fois l'estrapade. *Teissier*, qui rapporte ce fait d'après *Tollius*, ajoute de
son chef que *Gauric* mourut mise-
rablement, au milieu des tourmens
de ce supplice douloureux; *Tollius*
ne dit rien de semblable, & n'avoit
garde de le faire, puisque *Gauric* vêcut encore cinquante-deux ans depuis. Mais il nous apprend une autre particularité, c'est que *Barthelemi Coclés*, ami de *Gauric*, qui ex-
celloit dans la Chiromancie, science aussi frivole que l'Astrologie, l'a-
voit averti de ne pas donner lieu aux
cruautez qu'il prevoyoit qu'on devoit exercer contre lui, & que *Gauric* n'avoit tenu aucun compte de cet
avertissement.

Cet évenement à donné occasion
à *Trajan Boccalini* d'introduire dans
ses *Ragguagli di Parnasse* (a) *Gauric*
se plaignant à *Apollon* du cruel traitement qu'il avoit reçu de *Bentivoglio*, qu'il demandoit qu'on punît

(a) *Cent.* I. *Rag.* 35.

d'une peine proportionnée à ſon in-
humanité ; ſur quoi *Apollon* lui demanda par quelle ſcience il avoit pû
prevoir la diſgrace de *Bentivoglio.*
Gauric lui ayant répondu que c'é-
toit par l'admirable ſcience de l'A-
ſtrologie judiciaire , à laquelle il s'é-
toit fort appliqué , *Apollon* lui repli-
qua qu'il s'étonnoit que cette ſcience qui lui avoit decouvert l'infor-
tune d'un autre , ne lui eût pas fait
connoître la ſienne propre. Sur quoi
Gauric dit que c'étoit parce qu'il
ignoroit le moment de ſa naiſſance,
dont ſon pere n'avoit pas eu ſoin de
conſerver le ſouvenir. Mais *Apollon*
ſe mocquant de cette réponſe, & ne
témoignant que du mépris pour ſa
prétendue ſcience, lui dit qu'il étoit
un fou , qui meritoit le traitement
qu'on lui avoit fait , parce que les
hommes ſages & prudens n'ont garde d'annoncer de mechantes nouvelles aux Princes, qui d'ordinaire
ont les oreilles delicates, & qui ne
veulent entendre que des choſes,
qui leur faſſent plaiſir ; & qu'en leur
prédiſant des évenemens facheux , il
ſemble qu'on ſouhaite qu'ils arri-

N ij

vent effectivement.

Au reste *Jean Bentivoglio* fut chaſ-
ſé de *Boulogne* par le Pape *Jules II.*
en 1506. comme *Gauric* l'avoit prédit.

M. *de Thou* aſſure auſſi que *Gauric*
ayant fait l'horoſcope du Roi *Henri
II.* à la priere de *Catherine de Medicis*, avoit prédit que ce Prince mour-
roit d'une bleſſure qu'il recevroit
à l'œil dans un combat ſingulier ;
mais il eſt à preſumer que c'eſt une
prediction inventée après coup par
quelque perſonne, qui aimoit le
merveilleux. Car *Gaſſendi*, qui rapporte les paroles de cet horoſcope,
fait voir que *Gauric* avoit ſeulement
dit, que *Henri II.* vivroit juſqu'à
l'âge de 70. ans moins deux mois,
pourvû qu'il paſſât ſa 63e. & ſa 64e.
année. Prediction conditionnelle
qu'il ne lui étoit pas difficile de faire, & dans laquelle il n'haſardoit
rien, puiſqu'ayant déja 42. ans lorſque ce Prince naquit en 1518. il ne
pouvoit lui voir paſſer ſa 63e. année, ni être par conſequent con-
vaincu de fauſſeté, ſuppoſé que le
Prince n'allât pas juſqu'au terme qu'il
avoit marqué.

Paul Jove fait mention des pre-

dictions de *Gauric* dans une Lettre à *Annibal Raimondo*, & les traite de fauſſes avec raiſon, puiſque cet Aſtrologue lui avoit prédit qu'il ſeroit Cardinal, ce qui n'eſt pas arrivé.

Jules Ceſar Scaliger apprit les Mathematiques de *Gauric*, qu'il tint pour cela quelque temps chez lui, comme on le voit dans le *Scaligerana prima* p. 107. mais on ne ſçait dans quel temps cela arriva.

Gauric profeſſa auſſi les Mathematiques à *Ferrare*, & il y prononça en 1531. un diſcours *de Laudibus Aſtrologia.*

Il fit quelque ſéjour à *Rome* ſous le Pontificat de *Leon X. Clement VII.* & *Paul III.* & y acquit l'eſtime des ſçavans de cette ville. Celle du Cardinal *Alexandre Farneſe* lui procura l'Evêché de *Civitate* dans le Royaume de Naples, qui lui fut donné le 14. Décembre 1545.

Après l'avoir gardé pendant un peu plus de quatre ans, il s'en démit, & on lui donna pour Succeſſeur le 30. Mars, ou Mai ſuivant quelques-uns, 1550. *Gerard Ram-*

L. Gau- *baldi* de *Verone.*

RIC.
Pour lui il se retira à *Rome*, où il passa le reste de ses jours. Il y mourut le 6. Mars 1558. dans sa 82e. année, & fut enterré dans l'Eglise d'*Ara Cœli* avec cette Epitaphe.

Lucæ Gaurico, Geophanensi, Episcopo Civitatensi. Obiit die 6. Martii 1558. Vixit annis 81. Mens. 11. Dies 25. Sebastianus Benincasa Geophon. & Octavianus Canis Bononiensis hæredes ex testamento B. M. P.

Cette Epitaphe est rapportée differemment par rapport à l'âge de *Gauric.* Suivant celle de *Toppi*, il avoit 82. ans, onze mois, & 22. jours. Celle que *Boxhornius* cite dans ses *Monumenta illustrium virorum*, au lieu de 22. jours en met 27. Mais je me suis arrêté à celle qui est dans l'*Italia Sacra d'Ughelli.*

Catalogue de ses Ouvrages.

Opera omnia quæ quidem extant Lucæ Gaurici, Gephonensis, Civitatensis Episcopi, Astronomi, ac Astrologi præstantissimi, Vatisque celeberrimi, omnium bonarum ac Humanitatis Artium, inprimis vero Mathematicæ seu Judiciariæ, seu prænotionis scientia,

L. GAU-RIC.

ad miraculum usque doctissimi ; ingenio plane admirando , & divino , Philoso-phi , omni tam Poëticarum , Logica-rum , quàm Physicarum , Philosophica-rum , Theologicarumque scientiarum , ac dogmatum facultate genereque prae-clarissimi. Jam pridem summa cura ac singulari studio à suo interitu vindica-ta , & quasi postliminio revocata, pri-stinoque nitori restituta , & plærumque ante non edita , in unum corpus redac-ta. Basileæ 1575. *in-fol.* trois vol. On voit par ce titre , que les éditeurs n'ont rien oublié pour faire valoir les Ouvrages qu'ils donnoient au Public ; ils n'en sont cependant pas plus recherchez à present.

Le premier volume contient les pieces suivantes.

1. *De Astronomiæ , seu Astrologiæ inventoribus , utilitate , fructu , & lau-dibus , Oratio habita in Ferrariensi Gymnasio per L. Gauricum , dum in eodem Mathematicas disciplinas publi-cè profiteretur.*

2. *Machina , seu Sphæræ Cælestis totius , nec non Planetarum , signorum, omniumque corporum cælestium , ac eo-rum ordinum motuumque descriptio.*

N iiij

L. GAU-
RIC.

3. *De sphærarum motu , & quinque Planetarum , atque duorum Luminarium , secundùm Philosophorum quorumdam opiniones.*

4. *Lucæ Gaurici Theoremata , & plæræque additiones utilissimæ in Tabulis Elizabethæ Hispaniarum Reginæ.*

5. *Stellarum fixarum Longitudines & Latitudines , earum qualitates, rectificatæ per L. Gauricum volvente anno salutis 1500. quarum Alphonsus Hispaniarum Rex observavit esse in magnitudinibus.*

6. *Tabulæ Æthereorum motuum secundi videlicet Mobilis , Luminarium , ac Planetarum viri perspicacissimi Jo. Blanchini , ad Longitudinem & Latitudinem inclytæ Urbis Ferrariæ à Gaurico revisa , & emendata , omnium ex his quæ Alphonsum sequuntur, quam facillime.*

7. *Calendarium Ecclesiasticum novum ex sacris Litteris , probatisque sanctorum Patrum Synodis excerptum , juxta omnipotentis Dei mandata in Veteri Testamento Moysi data.* Cet Ouvrage & le suivant ont été imprimés séparement à *Venise* en 1552. in-4°.

8. *Calendarium Julii Cæsaris, Fasti primorum sex Mensium, per Pomponium Gauricum, & Thamiram sub Capitolinis ruinis in antiquo Marmore reperti, cujus Marmoris altera pars reliquos sex menses continebat.* L. GAURIC.

Le tome 2e. renferme les Ouvrages suivans.

9. *Isagogicus Tractatus in totam Astrologiam prædictivam, distributus in quinque partes.* Imprimé à *Rome* en 1546. *in-fol.* avec quelques autres Ouvrages de *Gauric.*

10. *Tabulæ de primo mobili, quas directionum vocitant, cum Problematibus facillimis, & diligenter examinatis; quibus annectitur tractatus judicandi omnium Aphætarum apotelesmata, de quibus sigillatim neque diffuse Claudius Ptolemæus, nec cæteri scriptores hactenus fecerunt mentionem.* Cet Ouvrage avoit été imprimé séparément à *Rome* l'an 1560. *in-4°.*

11. *Directiones, progressiones, sive inambulationes, ascensoria tempora Hilegiorum, observationum epochæ, & tempora particularia per Hilegiorum directiones examinata, & in singulis hujuscemodi circuitibus apotelesmata.*

12. *Tractatus judicandi conversiones annuas, sive resolutiones nativitatum, seu geniturarum.* Imprimé à *Rome* l'an 1560. *in*-4°.

13. *Rerum naturalium & divinarum, sive de rebus cœlestibus Laurentii Bonincontrii Miniatensis libri tres à Luca Gaurico recogniti. Basileæ* 1540. *in*-4°.

14. *Prognosticon ab Incarnationis Christi anno* 1503. *usque ad annum* 1535. *valiturum.*

15. *Tractatus Astrologicus, in quo agitur de præteritis multorum hominum accidentibus, per proprias eorum genituras examinatis; quarum exemplis consimilibus unusquisque de medio Genethliacus ratiocinari poterit de futuris. Venetiis* 1552. *in*-4°.

Les traités suivans composent le troisième volume.

16. *Collectanea quædam de totius mundi machina, ex lucubrationibus L. Gaurici, opera & studio D. Wolfgangi Weissemburgii discerpta, & in directum ordinem redacta.*

17. *Miscellanea quædam ex fragmentis L. Gaurici non solum lectu jucunda, sed etiam ad conservandam*

valetudinem utiliſſima.

18. *Grammatices libellus Iſagogi-cus.* Cet Ouvrage avoit déja été im-primé ſous ce titre. *Libellus Iſagogi-cus, quo duce perdiſcent pueri, juve-neſque ſeneſque horis tercentum dogma-ta Grammatices. Romæ* 1540. *in-*4°.

19. *De otio liberali & laude bona-rum Litterarum.* Imprimé avec le traité ſuivant à *Rome* en 1557. *in-*4°.

20. *De illuſtrium Poëtarum autori-tatibus aureus libellus.*

21. *De vera nobilitate & ejus laude libri tres.*

Ce ſont là tous les Ouvrages con-tenus dans ce Recueil. J'en trouve qui ne me paroiſſent pas s'y trou-ver ; tels ſont les ſuivans.

22. *De Eclipſi ſolis miraculoſa in Paſſione Domini obſervata. Item de Anno, Menſe, die, & hora Concep-tionis, Nativitatis, Paſſionis & Reſur-rectionis ejus. Romæ* 1539. *in-*4°. It. *Pariſ. Wechel* 1553. *in-*4°.

23. *Abrahami Judæi Tractatus de Nativitatibus, cum Lucæ Gaurici An-notationibus. Romæ* 1545. *in-*4°.

24. *De Conceptu natorum, & ſepti-meſtri partu, ex Valente Antioche-*

no. *Venetiis* 1533. *in-*4°.

25. *Lucæ Gaurici super Diebus Decretoriis, quos etiam Criticos vocant, axiomata, sive Aphorismi. Item Hippocratis & Galeni Theoremata enucleata ab eodem. Ejusdem Isagogicus Astrologiæ Tractatus. Romæ* 1546. *in-fol.*

26. *Ars Mistica de quantitate Syllabarum in componendis versibus necessaria. Romæ* 1545. *in-*4°.

27. *Carmina.* Dans le premier volume des *Deliciæ Poëtarum Italorum.*

28. *Omar de Nativitatibus & interrogationibus castigatus & in ordinem redactus per Lucam Gauricum. Venetiis* 1524. *in-*4°.

29. *Ex Abenragele de revolutionibus Nativitatum, de Fridariis, seu temporaria potestate Planetarum. Venetiis* 1524. *in-*4°. Avec l'Ouvrage précedent.

30. *Doctrina Sinuum & Arcuum. Basileæ* 1567. *in-fol.* Avec *Erasmi Oswaldi Schrekenfuchsii primum mobile.*

31. *Claudi Ptolemæi Almagestum, Latinè, Interprete Georgio Trapezuntio; edente Luca Gaurico. Venetiis* 1528. *In-fol.* It. *Basileæ* 1541. *in-fol.* *Gauric* a fait quelques additions &

corrections à l'Almagefte de *Ptole-*
mée.

V. *Vghelli Italia Sacra. Toppi &*
Nicodemo, Bibliotheca Neapoletana.
Les Eloges de M. de Thou & les Ad-
ditions de Teiffier. Chronicon Mathe-
maticorum; à la tête de l'Almagefte
de Riccioli.

L. GAU-
RIC.

SCIPION CHIARAMONTI.

S CIPION *Chiaramonti,* en Latin
Claramontius, naquit à *Cefene,*
ville de la Romagne, où il fut bâ-
tifé le 22. Juin 1565. jour de *S.*
Paulin. Son pere étoit Médecin de
cette ville, & fa mere fe nommoit
Polixene.

Il fit fes études à *Peroufe* & à *Fer-*
rare, & fe rendit habile dans la Philofophie & les Mathematiques. Il
enfeigna même quelque temps la
premiere de ces fciences à *Pife.*

Il paffa cependant la plus grande
partie de fa vie à *Cefene.* Il nous apprend dans fon hiftoire de cette ville, imprimée en 1641. qu'il y avoit
alors 59. ans, qu'il fervoit fa patrie

S. CHIA-
RAMON-
TI.

S. CHIA-
RAMON-
TI.

dans les charges publiques ; mais nous ignorons quelles étoient ces charges, nous trouvons seulement dans son Oraison funebre, qu'il avoit été deputé plusieurs fois à *Rome*, soit pour rendre obéissance au Pape au nom de ses Concitoyens, soit pour d'autres affaires.

Ayant perdu sa femme *Virginie de Abbatibus*, à l'âge de 80. ans, il embrassa l'état Ecclesiastique, & reçut l'Ordre de Prêtrise.

Il se retira même avec les Prêtres de la Congregation de l'Oratoire, à qui il fit bâtir une Eglise à *Cesene*.

Il mourut le 3. Octobre 1652. veille de la fête de *S. François d'Assise*, âgé de 87. ans, & son corps fut transporté le lendemain 4e. Octobre dans l'Eglise des Peres de l'Oratoire, où il fut mis en dépôt, jusqu'à ce qu'on lui eût érigé un tombeau en ce lieu. On lui fit le 4. Décembre suivant de magnifiques funerailles dans l'Eglise de *S. François*, où étoient enterrés ses ancêtres ; ce qu'on ne pouvoit faire dans celle de l'Oratoire, qui étoit trop petite.

Il avoit établi à *Cesene* l'Academie des *Offuſcati*, dont il fut Prin- ce juſqu'à ſa mort.

Il laiſſa pluſieurs enfans, dont quatre étoient Capucins.

Catalogue de ſes Ouvrages.

1. *Diſcorſo della Cometa Pogonare dell' anno 1618. Aggiuntavi la Riſpoſta della Cometa proſſima antecedente. In Venetia 1619. in-4°.* Il s'eſt propoſé dans cet Ouvrage de prouver que les Cometes ſont des corps ſublunaires & non-point des corps céleſtes.

2. *Anti-Tycho, in quo contra Tychonem-Brahe, & nonnullos alios, rationibus eorum ex Opticis & Geometricis principiis ſolutis, demonſtratur Cometas eſſe ſublunares, non cœleſtes. Venetiis 1621. in-4°.* Keppler prit la défenſe de *Tycho-Brahé*, mort depuis pluſieurs années, & publia pour répondre à *Chiaramonti* un livre ſous ce titre: *Tychonis Brahei Hyperaſpiſtes adverſus Scipionis Claramontii Anti-Tychonem in aciem productus à Joanne Kepplero. Francofurti 1625. in-4°.* Ouvrage, qui ne demeura pas ſans replique, comme on le verra plus bas.

3. *De Conjectandis cujuſque moribus*

& latitantibus animi affectibus semeïotice moralis, seu de signis libri x. Venetiis 1625. *in-*4°. It. *Cura Hermanni Conringii.* Helmstad. 1665. *in-*4°. M. *Trichet du Fresne* apporta en France le premier exemplaire de ce livre, dont M. de *la Chambre* s'est beaucoup servi pour composer son Ouvrage de *l'Usage des Passions.*

4. *Notæ in Moralem suam semeïoticam, seu de signis.* Cæsenæ 1625. *in-*4°.

5. *Apologia pro Anti-Tychone suo adversus Hyperaspisten Joannis Keppleri.* Venetiis 1626. *in-*4°.

6. *De tribus novis stellis, quæ annis* 1572. 1600. *& 1604. comparuere libri tres, in quibus demonstratur rationibus ex parallaxi præsertim ductis stellas eas fuisse sublunares & non cœlestes, adversus Tychonem, Gemmam, Mæstlinum, Diggesseum, Hagecium, Samucium, Kepplerum, aliosque plures, quorum rationes in contrarium adductæ solvuntur.* Cæsenæ 1628. *in-*4°. *Galilée* prit à son tour la defense de *Tycho-Brahe,* & publia contre *Chiaramonti* l'Ouvrage suivant, où il est poussé avec beaucoup de vigueur. *Dialogo di Galilio Galilei, dove ne' i congressi di quattro Gior-*

Giornate ſi diſcorre ſopra i due maſſimi S. Chia-
ſiſtemi *del Mondo , Tolemaïco e Coper-* ramon-
nicano. In Firenze 1632. *in-4°. Chia-* ti.
ramonti ne ſe tint pas cependant pour
battu ; il reprit l'Apologie Latine ,
qu'il avoit faite de ſon *Anti-Tycho*
pour la retoucher : il en refit un nouvel Ouvrage en Italien , y joignit
une defenſe de ſon livre *de tribus no-*
vis ſtellis , & fit imprimer le tout
ſous ce titre.

7. *Difeſa di Scipione Chiaramonti al*
ſuo Anti-Tychone , e libro delle tre nuo-
ve ſtelle dall' oppoſitioni dell' Autore
de' due Maſſimi Siſtemi Tolemaïco , e
Copernicano. In Firenze 1633. *in-4°.*
Galilée ne répondit rien ; mais un autre Mathematicien d'Italie , nommé
Jean Camille Glorioſo , Profeſſeur de
Padouë , ſe mit ſur les rangs , & engagea *Chiaramonti* à compoſer de
nouveaux Ouvrages ſur cette matiere.

8. *Della ragione di ſtato libri tre , nel'*
quale trattato da primi principii de-
dotto ſi ſcuoprono la natura , le maſſi-
me , e le ſpecie de' Governi buoni , cat-
tivi , e maſcherati. In Firenza 1535.
n-4°. It. trad. en Latin par *Jean*

S. CHIA-
RAMON-
TI.

Gamers. De ratione Status. Hamburgi
1679. *in-*4°.

9. *Examen ad Censuram Joannis
Camilli Gloriosi in librum de tribus novis stellis. Florentiæ* 1636. *in-*4°. *Glorioso* avoit publié un Ouvrage intitulé : *Exercitationum Mathematica-
rum Decas secunda. Neapoli* 1635. *in-*
4°. où il avoit attaqué le système de
Chiaramonti sur les Cometes. Celui-
ci y opposa cet Examen, qui fut
aussitôt réfuté par un nouvel Ouvrage de *Glorioso*, intitulé : *Castigatio
Examinis Scipionis Claramontii in se-
cundam decadem Jo. Camilli Gloriosi.
Neapoli* 1637. *in-*4°.

10. *De sede sublunari Cometarum
Opuscula tria in supplementum Anti-
Tychonis cedentia. Amstelod.* 1636. *in-*
4°.

11. *Castigatio Joannis Camilli Gloriosi adversus Claramontium castigata
ab ipso Claramontio. Cæsenæ* 1638. *in-*
4°.

12. *De Methodo ad doctrinam spec-
tante libri* IV. *in quibus tum controver-
siæ omnes de ordine & Methodis discu-
tiuntur, tum novæ praxes traduntur ex
Aristotele, quæ certum exhibent inven-*

tarum doctrinarum judicium , & *adi-* S. Chia-
tum aperiunt ad novas inveniendas. Ramon-
Cæfenæ 1639. *in-*4°. ti.

13. *Cæfenæ Hiftoria libris* xvi. *ab
initio Civitatis ad hæc tempora*, *in qua
totius interdum Italiæ ftatus defcribitur.*
Cæfenæ 1641. *in-*4°.

14. *De atra bile* , *quoad mores atti-
net, libri tres. Parif.* 1641. *in-*8°. Cet
Ouvrage eft dedié à M. *Naudé.* On
a mis mal à propos dans le Privilege que l'Auteur étoit Médecin du
Pape ; il ne l'a jamais été.

15. *Anti-Philolaus* , *in quo Philolaus redivivus de terræ motu* & *folis ac
fixarum quiete impugnatur* , *necnon
pofitio eadem de re Copernici confuta-
tur* , & *Galilæi defenfiones rejiciuntur.*
Cæfenæ 1643. *in-*4°. Cet Ouvrage eft
contre celui qu'*Ifmaël Boulliaud* avoit
publié fous le titre de *Philolaus* , *feu
de vero fyftemate Mundi. Amftelod.*
1639. *in-*4°.

16. *Defenfio ab oppugnationibus For-
tunii Liceti de fede Cometarum. Cæfenæ* 1644. *in-*4°.

17. *De Univerfo libri* xvi. *Coloniæ*
1644. *in-*4°.

18. *De Altitudine Caucafi liber unus*,

O ij

164   *Mém. pour servir à l'Hist.*

S. CHIA-
RAMON-
TI.

Cura Gabrielis Naudæi editus. Parif.
1649. *in-*4°.

19. *Philofophia naturalis methodo.*
refolutiva tradita, feu de principiis &
communibus affectionibus rerum natu-
ralium libri XI. *Cæfenæ* 1652. *in-*4°.

20. *Opufcula varia Mathematica*
primum edita. Videlicet. 1°. *De Pha-*
fibus Lunæ. 2°. *De Horizonte fenfibili.*
3°. *De ufu fpeculi pro libella, & de*
tota libratione. 4°. *Ex infpectione ima-*
ginis fubjecti per reflexionem ex aqua
quiefcente in vafe invefligare quanta fit
Diameter terræ. 5°. *De altitudine Cau-*
cafi. Bononiæ. 1653. *in-*4°. Ce dernier
Ouvrage avoit déja été imprimé à
Paris ; ainfi quand on dit qu'il paroît ici pour la premiere fois, il faut
entendre cela de l'Italie.

21. *Commentaria in Ariftotelem de*
Iride, de Corona, de Pareliis & Vir-
gis, editore Petro Ruinetto. Cæfenæ
1654. *in-*4°. *Chiaramonti* étoit un Sec-
tateur fidele d'*Ariftote.*

22. *In quartum Meteororum Arifto-*
telis librum Commentaria ; editore Fe-
lice Petro Gallo. Venetiis 1668. *in-*4°.

23. *Delle Scene e Teatri. opera po-*
ftuma. In Cefena 1675. *in-*4°.

V. Un Recueil *In Parentalibus Scipionis Claramontii. Cæſena* 1653. *in-*
4°. où l'on trouve les pieces ſuivan-
tes. 1°. *Dominici Joſephi Roſini Cæſe-
natis Doctoris Philoſophi & Medici
Oratio in parentalibus Scipionis Claramontii habita Cæſena in Templo S.
Franciſci.* 2°. *Quelques Epitaphes.* Les
dates de ces Épitaphes ne s'accordent pas entre elles, ni avec celle
de l'Oraiſon funebre ſur le jour de la
mort de *Chiaramonti*; mais la difficulté, que cela pourroit faire, eſt
terminée par ce qu'on lit par tout,
qu'il eſt mort la veille du jour de
S. François. 3°. *Deſcrittioni delle nobili eſſequie celebrate in S. Franceſco di
Ceſena l'anno* 1652. *li* 4. *Decembre,
e nella ſala dell' Accademia degli Offuſcati li* 31. *Genaro* 1653. *al ſign. D.
Scip. Chiaramonti, Ombreggiata da
Blatebal Sinori.* 4°. *Orazione del ſign.
Tomaſo Maffei, Dottore dell' una e l'al-
tra Legge, fatta ne' funerali del ſign.
Scip. Maffei celebrati nell' Accademia
degli Signori Offuſcati.* 5°. *Diverſes
Poëſies Italiennes à ſa loüange.*

CECCO D'ASCOLI.

CECCO *d'Ascoli* étoit de la famille des *Stabili*, & se nommoit proprement *François degli Stabili* : mais il porta toûjours le nom de *Cecco d'Ascoli*, & c'est sous celui-là qu'il est le plus connu. *Cecco* est un diminutif de *Francesco*, & *Ascoli* est le lieu de sa naissance.

Il naquit donc à *Ascoli*, ville de la Marche d'*Ancone*, vers l'an 1250. de *Simon degli Stabili*, bon Bourgeois de ce lieu.

Il fut élevé avec beaucoup de soin, & passa par toutes les sciences, dans lesquelles il se rendit habile pour son temps. Il apprit la Poësie, la Philosophie, la Théologie, la Médecine, & les Mathematiques. C'est principalement dans cette derniere science qu'il s'est fait un nom : il s'y crût même assez de capacité pour promettre aux Magistrats d'*Ascoli*, de faire venir jusqu'aux murs de cette ville la mer Adriatique, qui en est éloignée de six lieuës ; afin d'y attirer le commerce, & de la rendre par là florissante. Mais cette promesse ne fut point acceptée, parce qu'on ne jugea pas à propos d'acheter un avantage incertain, par la perte de l'avantage réel qu'on trouvoit dans la fertilité des terres voisines, appellées la vallée de *Tronto*, du nom d'une riviere qui l'arrose.

CECCO D'ASCOLI.

La réputation de sa capacité étant venuë aux oreilles du Pape *Jean XXII.* qui residoit à *Avignon*, ce Pontife le fit venir auprès de lui, & le prit pour son Médecin. Mais il ne conserva pas long-temps ce poste: la jalousie, que quelques personnes conçurent contre lui à la Cour du Pape, lui causa des desagrémens, qui l'obligerent bientôt à l'abandonner.

Il retourna alors en Italie, où il se vit recherché de tous côtés. Il prefera la ville de *Florence*, apparemment à cause des sçavans, qui y vivoient alors ; en effet il y contracta une étroite amitié avec *le Dante*, & avec plusieurs autres personnes d'esprit.

Nous apprenons des œuvres de

CECCO D'ASCOLI.

Cecco, que *le Dante* lui proposoit quelquefois des questions difficiles de Philosophie à résoudre, & qu'il fut une fois entre autres vivement disputé entre eux sur celle-ci ; si l'art l'emporte sur la nature. *Cecco* étoit pour la négative & *le Dante* pour l'affirmative. Ce dernier apportoit pour soutenir son sentiment l'exemple d'un chat, qu'il avoit dressé à lui tenir avec ses pates une chandelle, pendant qu'il souppoit, où qu'il lisoit. *Cecco* en voulut voir l'expérience, & on lui en donna le plaisir : mais il avoit apporté un vase couvert, où il avoit renfermé des souris, qu'il lâcha dès que le chat fut en faction. Celui-ci ne les eut pas plûtôt vûës, qu'il laissa tomber la chandelle, & courut après, donnant par là gain de cause à *Cecco.*

Ces disputes trop souvent renouvellées, altererent peu à peu l'amitié qui étoit entre ces deux sçavans. D'ailleurs *Cecco* ne faisoit pas grand cas de la Comedie du *Dante,* qu'il traitoit de fables vaines & pueriles, & c'est sur ce ton qu'il en parle dans le chapitre 13e. du 4e. livre de son Poëme.

Poëme. Il n'avoit pas plus d'eftime pour la fameufe piece de vers de *Gui Cavalcanti*, qui commence par ces mots : *Donna mi priega, perche io voglio dire* &c. qu'il cenfura dans le même Ouvrage. Ces critiques le firent paffer pour un homme cauftique, & lui procurerent la haine de ces deux fameux Poëtes, auffi bien que de ceux qui leur étoient attachés, entre autres de *Dino del Garbo*, fameux Médecin de *Florence*, & de *Thomas*, fon frere.

CECCO D'ASCOLI.

L'animofité qu'ils avoient conçue contre lui n'eut alors aucun effet; parce que *Cecco* fut dans ce temps-là appellé à *Boulogne*, où on lui donna de gros appointemens pour y enfeigner la Philofophie & l'Aftrologie, quoique ce Poëte eut fort mal parlé dans fon Poëme du peuple de cette ville.

Il y enfeigna depuis l'an 1322. jufqu'en 1325. & y compofa des Commentaires fur la fphere de *Jean de Sacrobofco*, que *Dino del Garbo* attaqua par un écrit fort vif. Mais *Thomas*, fon frere, qui avoit enfeigné quelque temps auparavant dans l'U-

niverſité de *Boulogne*, alla plus loin;
il denonça *Cecco* à l'Inquiſiteur Gé-
neral de la Lombardie, nommé Frere *Lambert*, Jacobin, comme ayant
avancé des propoſitions héretiques,
comme attribuant tout aux influences & au pouvoir des Aſtres, & comme prétendant prévoir les évenemens les plus contingens par les regles de l'aſtrologie judiciaire.

Cecco ſe tira alors d'affaire en ab-
jurant les propoſitions erronées qu'on
lui attribuoit, & en ſe ſoumettant
à la pénitence que l'Inquiſiteur lui
impoſa. Il reçut avec cela ſon abſo-
lution, & les choſes en demeurerent là.

Charles Sans-terre, Duc de Calabre, fils de *Robert* Roi de *Naples*,
étant allé à *Florence* pour comman-
der dans cette ville au nom de ſon
pere, & y ayant fait ſon entrée le
30. Juillet 1326. y rappella *Cecco*,
& le prit à ſon ſervice en qualité de
Médecin & d'Aſtrologue.

Cecco fut pendant quelque temps
en grande faveur auprès de lui;
mais l'horoſcope, qu'il fit, quoique
malgré lui, de *Marie de Valois* ſa

femme, & de *Jeanne* leur fille, âgée alors de deux ans, lui attira fa dif-grace.

Cette Princeffe lui ayant demandé un jour ce qu'il voyoit dans les Aftres touchant la deftinée de l'une & de l'autre, *Cecco* fe defendit d'abord de repondre fur cet article, & fe contenta de dire, qu'il ne falloit point fe fier à ce que les Aftrologues pouvoient debiter, puifque les influences des Aftres n'agiffoient que fur les corps & non point fur les efprits, & que la liberté de l'homme le mettoit au-deffus de toutes leurs impreffions. Ce difcours ne fit qu'exciter la curiofité de la Princeffe, qui infifta & voulut qu'il la fatisfît. *Cecco* fe rendit imprudemment à fes inftances, & lui répondit fans détour qu'elle & fa fille s'abandonneroient à l'impudicité & à la débauche.

Cette réponfe choqua extrêmement la Princeffe auffi bien que fon mari; & les anciens ennemis de *Cecco*, principalement *Dino*, & *Thomas del Garbo*, dont l'animofité s'étoit accrue par la préference que *Charles*

P ij

Cecco
d'Ascoli. lui avoit donné fur eux pour la place de fon Médecin, profiterent avec foin de cette occafion pour le perdre.

Ils mirent dans leurs interêts l'Evêque d'*Averfa*, Secretaire du Duc, & l'Inquifiteur *Accurfe*, tous deux Cordeliers, qui haïffoient perfonnellement *Cecco*, & perfuaderent par leur moyen au Prince, de chaffer de fa Cour un homme fi pernicieux, & qui rempliffoit toute la ville de *Florence* du poifon de fes erreurs.

Cette premiere demarche faite, l'Inquifiteur fit arrêter *Cecco*. On le conduifit dans les prifons de l'Inquifition, & on travailla auffitôt à fon procès.

On l'accufa d'être relaps & d'avoir enfeigné de nouveau les erreurs qu'il avoit retractées à *Boulogne*, & qui fe reduifent à deux principales. La premiere d'avoir prétendu que tout fe faifoit dans le monde fuivant les influences des Aftres, & confequemment par une neceffité indifpenfable. La 2e. d'avoir foumis *Jefus-Chrift* à l'empire des Aftres, &

d'avoir enſeigné que ſa naiſſance, ſa vie, & ſa mort avoient été dirigées par leurs influences.

Quelques-uns ajoûtent un autre chef d'accuſation, qui eſt d'avoir enſeigné que, ſuivant la doctrine d'*Hermes*, quelques eſprits, qui étoient dans la premiere ſphere, étoient ſoumis aux enchantemens, & qu'on pouvoit par leur moyen faire des choſes merveilleuſes; mais il n'en eſt pas fait mention dans les Actes de ſa condamnation. Cependant *Ammirato* & *Villani* en parlent, & aſſurent qu'il nia toûjours conſtamment d'avoir rien enſeigné de ſemblable. Apparemment que ce point parut aux Inquiſiteurs ſi frivole & ſi peu fondé qu'ils ne jugerent pas à propos de le faire entrer dans les Actes de ſon procès.

Quant à la Magie, ſur laquelle quelques Auteurs veulent qu'ait été fondée ſa condamnation, les Actes n'en parlent qu'en un endroit, & d'une maniere ſi generale, qu'on voit bien que les Inquiſiteurs n'y ont pas fait grande attention. En effet *Cecco* fait aſſez connoître qu'il

P iij

CECCO
D'ASCOLI.

méprisoit cette prétenduë science ,
lorsque dans la préface de son Commentaire sur la sphere il declame
contre ceux qui y avoient recours ,
pour connoître l'avenir.

Quoiqu'on ne puisse nier qu'il
n'eût un foible extraordinaire pour
l'Astrologie, & qu'il n'eût *la tête mal
timbrée*, comme *Naudé* le dit dans
un passage que je rapporterai plus
bas ; il faut convenir que les deux
accusations, qui le firent condam-
ner, ne pouvoient faire impression
que sur des gens prevenus, & reso-
lus par avance à le faire perir. Car
quant à la premiere, bien loin de
nier la liberté, il censure dans le premier chapitre du second livre de son
Poëme, *le Dante* d'avoir admis une
espece de necessité, & refute dans le
second chapitre de son Commentaire sur la sphere, ceux qui vouloient
que les influences des Astres eussent
quelque effet sur notre volonté.
D'ailleurs il a toûjours soûtenu que
dans tout ce qu'il avoit dit du pouvoir des astres ; il avoit fait abstrac-
tion de la puissance Divine & de la
liberté de l'homme ausquelles les

influences céleſtes ne peuvent por- CECCO
ter préjudice, comme les Actes de D'ASCOLI
ſon procès le reconnoiſſent. La ſeconde accuſation n'eſt pas mieux
fondée, puiſque dans le chapitre
quatriéme de ſon Commentaire il
invective vivement contre les infi-
deles, & entre autres contre *Zoroaſtre*,
qu'il traite de *bête*, pour avoir at-
tribué aux aſtres tout ce que *Jeſus-
Chriſt* a fait ſur la terre.

Ce fut cependant pour ces chefs
que *Cecco* fut condamné à être brûlé, & cette ſentence cruelle & inju-
ſte, comme l'appelle le P. *Paul Appiani*, Jeſuite, Auteur de ſa vie, fut
executée le 15ᵉ. Septembre 1327.
dans la 70. année de ſon âge.

Il ſe trouva à ſon ſupplice une
multitude innombrable de peuple,
qui s'attendoit à voir un des genies
familiers, qu'on lui ſuppoſoit, l'ar-
racher des flammes.

On montre dans l'Egliſe des Car-
mes de *Sainte Marie Majeure* de
Florence une tête de marbre, qu'on
pretend repreſenter celle de *Cecco*,
ou ſelon d'autres, celle d'un Religieux, qui pendant qu'on menoit ce

malheureux au supplice, empêcha
qu'on ne lui donnât à boire. Mais
c'est une tradition fausse; car au-des-
sous de cette tête, il y a pour inscrip-
tion *Berta*, qui est apparemment le
nom de la femme qu'elle représente.
Ferdinand Leopold del Migliore pretend dans sa *Firenza illustrata* que
cette *Berthe* étoit la mere de *Char-
lemagne.*

On a debité au sujet de *Cecco* un
conte, qu'il faut rapporter ici. On
dit que son Maître en Astrologie l'a-
vertit un jour d'éviter, s'il aimoit
la vie, l'*Africo*, & le *Champ de Flore.* Fidele à cet avertissement, il ne
voulut jamais aller à *Rome,* où est
le *champ de Flore,* & il ne sortoit
point de sa maison, pendant que le
vent de *Sud-Ouest,* appellé en latin
Africus, souffloit. Mais il ne put éviter sa destinée. Lorsqu'on le condui-
sit au supplice hors des portes de
Florence, il demanda si le lieu, où
il étoit ne s'appelloit point *Africo;*
à quoi l'on répondit, que ce lieu se
nommoit le *Champ de Flore,* & qu'*A-
frico* étoit le nom d'une petite riviere, qui couloit près de là. Sur quoi

il s'écria que c'étoit fait de lui, & qu'il n'avoit plus de reſſource à eſperer.

Il ne faut pas omettre ici un paſſage de la *Cité des Dames* de *Catherine de Piſan*, qui fait voir que cette ſçavante fille à cru que *Cecco*, qu'elle appelle *Ceto*, avoit été brûlé pour quelque crime honteux ; ce qui n'a aucun fondement. Il ſe trouve dans le chapitre x. qui a pour titre : *Comment Chriſtine fouiſſoit en terre, qui eſt à entendre les queſtions qu'elle faiſoit à Rayſon.* Voici comment elle y parle. ꝏ J'ai vû ung livre d'ung autre Acꝏteur du pays Italien, je crois du ꝏ pays ou Marches de Touſcane, ꝏ qui s'appelle *Ceto*, qui en un chaꝏpitre en dit (des femmes) moult ꝏ de abommations merveilleuſes ꝏ plus que nul autre, & telles qui ꝏ ne ſont à reciter de perſonne qui ꝏ ait entendement. *Réponſe.* Se *Ceto* ꝏ d'*Aſcoli* dit mal de toutes femꝏmes, fille, ne t'en émerveille ; car ꝏ toutes les abominoit, & avoit en ꝏ hayne & deſpleſance. Et pour ce ꝏ ſemblablement par ſon orrible ꝏ mauvaiſtie les vouloit faire deſplai-

CECCO
D'ASCOLI.

» re & hayr à tous hommes. Et en ot
» le loyer felon fon mérite. Car par
» la defferte de fon criminel vice fu
» ars en ung feu deshonnêtement·

Dino del Garbo ne furvêcut pas
beaucoup au fupplice de fon ennemi, dont il avoit été le principal
promoteur, étant mort le même
mois, quelques jours feulement après
lui, de chagrin & de regret, & ac-
cablé par les remords de fa con-
fcience, à ce que prétendent quelques-uns.

Catalogue de fes Ouvrages.

1. *L'Acerba dell' illuftre Poëta Cecco di Afcoli.* Le P. *Appiani* compte
fept éditions de ce Poëme. La premier faite à *Venife in-4°.* fans date.
La 2ᵉ. *In Beffalibus, à Philippo Petro
Veneto, & Bartholomæo Theo Campa-
no Ponticurvenfi* an. 1458. *in-4°.* La
3ᵉ. de l'an 1478. fans nom d'Imprimeur. La 4ᵉ. *Per Thomam de Alexan-
dria, Joanne Duce Mocenico, anno
1481. die 5. Septembris.* La 5ᵉ. *Per
Melchiorem Seffam anno* 1510. La 6ᵉ.
*Venetiis per Joannem Caurinum five
Tautinum de Trino anno* 1519. *Menfe
Martio.* La 7ᵉ. *Venetiis ex Chalco-*

graphia Matthæi Pafini & Sociorum CECCO 1535. Je rapporte fes propres ter- D'ASCOLI, mes ; mais fon énumeration n'eft point complette. De trois éditions de ce Poëme, qui font à la Bibliotheque du Roi, il en a oublié deux. Voici les titres de ces éditions, que j'ai vûës.

Incomencia il primo libro del Clariffimo Filofofo Cicho Afculano detto lacerba. in-4°. A la fin on lit ces mots. *Venetiis per Bernardinum de Novaria 1487. die 19. Decembris.* Il n'y a dans cette édition que quatre livres, parce que les deux derniers chapitres de l'Ouvrage, qui dans les autres éditions font le cinquiéme, y font joints au quatriéme.

Lo illuftre Poëta Cecho dafcholi, con commento nuovamente trovato, e nobilmente hiftoriato, revifto, & emendato, & da molte incorrectione extirpato, & ad antiquo fuo veftigio exemplato. in-8°. A la fin on lit ces mots : *Impreffo in Venetia per Joanne Tacuino de Trino nel anno 1519. a di 20. Marzo.* Cette édition a des figures à chaque chapitre, au lieu qu'il n'y en a point dans la précedente de 1487.

CECCO D'ASCOLI.

Lo illuftre Poëta Cecho d'Afcoli, con commento nuovamente trovato &c. Ce qui fuit eft comme dans la précedente. A la fin on lit : *Impreffo in Milano per Johanne Angelo Scinzenzeler nel anno 1521. a di 21. di Zennaro. in-4°.* feüillets 76. Quoique toutes les éditions fourmillent de fautes d'impreffion , celle-ci plus belle en apparence, en eft encore plus remplie que les autres. Il y a auffi des figures.

Les 4e. 5e. & 6e. éditions marquées par *Appiani* , & celle de la Bibliotheque du Roi de l'an 1521. ont des Commentaires fort fçavans de *Nicolas Maffeti de Modene.* Ce Commentateur a mis à la tête un Sonnet , qui exprime fort bien tout le contenu du Poëme. Le voici.

Nicolaus Maffetus Mutinenfis ad Lectorem.
Se bene à parte à parte leggerai
   Quefta operetta , e noti ciafcun
   verfo ;
   Com' è diftinto tutto l'Univerfo ,
Con ogni fuo Elemento intenderai.

Stelle , Comete , Eccliffi troverai,
  Com' è difpofto in un ftato di-
    verfo ,
  A qual benigno è il fole , à quale
    averfo ,
  Come volge fortuna li fuoi rai,
Vedrai de' tempi adverfi ogni figura,
  Di pietre pretiofe fua virtute ,
  E di molti animai la loro natura.
Vitii ed efempli , quiftioni , e dif-
    pute ,
  Che puoi guidar tua barca à la fi-
    cura ,
  E al fin trovarle porto di falute.

CECCO D'ASCOLI.

En effet ce Poëme eft une efpece
de traité de Phyfique, où l'Auteur
parle de toutes les chofes naturelles.
Le premier livre traite des Cieux ,
des Aftres, & de tous les Phenome-
nes celeftes. Il s'agit dans le fecond
de la fortune & de la création de
l'homme. Les vertus & les vices font
la matiere du troifiéme. Le quatriéme parle des animaux & des pierres
précieufes. Enfin le cinquiéme renferme l'Eloge de la foy Chrétienne
& Catholique, & la conclufion de
l'Ouvrage. On trouve dans plufieurs

CECCO
D'ASCOLI. éditions, comme je l'ai déja marqué plus haut, à la tête de chaque chapitre, des figures en bois fort mal faites, qui sont relatives à la matiere dont il y est parlé.

Je ne puis decider ici, si le nom d'*Acerba* a été donné au Poëme, comme la plûpart de ceux qui en ont parlé le croyent, ou bien au Poëte. Le titre de l'édition de l'an 1519. que j'ay rapporté, me fait croire que c'est au Poëte : en ce cas on pourroit dire que c'est une espece de Sobriquet, qui a été donné à *Cecco*, à cause de la repetition frequente qu'il a faite de ce mot dans son Poëme. Cependant les Actes de son procès supposent que c'est le nom du Poëme même, & ajoutent cette reflexion, qui fait bien connoître ce que les Inquisiteurs pensoient de l'Ouvrage, mais qui ne nous instruit point de la raison que *Cecco* pouvoit avoir eu de lui donner un tel titre. *Il nome del quale*, disent ils, *explica benissimo il fatto, auvenga che non contenga in se maturita o dolcezza alcuna Cattolica, ma vi abbiamo grovato molte acerbita eretiche.*

Au refte la Poëfie de *Cecco* eft ru- CECCO
de & groffiere, & n'approche en D'ASCOLI
rien de la delicateffe des Poëtes qui
font venus après lui.

2. Il a fait des Commentaires fur
la fphere *de Jean de Sacrobofco*, qui
ont été imprimés plufieurs fois, entre autres à *Venife* l'an 1499. *in-fol.* &
en 1559. auffi *in-fol.* Il y en a une
édition en Caracteres Gothiques fans
date, & fans nom d'Imprimeur &
de lieu avec ce titre, *Sphera Mundi
cum tribus Commentariis, Cicchi Efcu-
lani, Francifci Capuani de Manfre-
donia, Jacobi Fabri Stabulenfis.* Gabriel *Naudé* parle ainfi de ce Commentaire dans fon *Apologie pour les
grands hommes foupçonnés de Magie.*
» Ce feul Commentaire, dit-il,
» montre affez qu'il n'étoit pas feu-
» lement fuperftitieux, comme l'ap-
» pelle *Delrio*, mais qu'il avoit auffi
» la tête mal timbrée, s'étant étudié
» d'obferver trois chofes dans ce
» Commentaire, qui ne peuvent
» moins faire que de decouvrir fa
» folie. La premiere d'interpreter le
» livre de *Sacrobofco* fuivant le fens
» des Aftrologues, des Necroman-

Cecco
d'Ascoli.

» tiens , & des Chiroſcopiſtes. La
» ſeconde de citer un grand nombre
» d'Auteurs falſifiés & remplis de
» vieux contes & de badineries;
» comme par exemple *Salomon de*
» *umbris idearum* ; *Hipparchus de vin-*
» *culo ſpiritus* , *de Miniſterio Naturæ* ,
» *de hierarchiis ſpirituum* ; *Apollonius*
» *de Arte Magica* ; *Zoroaſtre de do-*
» *minio quartarum octavæ ſpheræ* ; *Hip-*
» *pocrate de ſtellarum aſpectibus ſe-*
» *cundùm Lunam* ; *Aſtaſon de Mine-*
» *ralibus conſtellatis* , & beaucoup
» d'autres ſemblables. Et la troiſié-
» me de ſe ſervir fort ſouvent des
» revelations d'un eſprit nommé *Flo-*
» *ron* , qu'il diſoit être de l'ordre
» des Cherubins.

3. *Creſcimbeni* a inſeré dans ſon
Iſtoria della volgar Poëſia un Sonnet
de *Cecco* , qui n'avoit point été imprimé.

Il a encore compoſé pluſieurs Ouvrages, qui n'ont point vû le jour.

V. *Sa vie écrite en Latin par le P.*
Paul Antoine Appiani , *Jeſuite* , *à la*
p. 450. *du* 3ᵉ *volume de l'Hiſtoire*
Italienne des Héreſies de Dominique
Bernini , *imprimée à Rome en* 1707. *in-*
fol.

fol. Elle est fort étenduë & fort bien faite. L'Auteur y prend fortement la defense de *Cecco. Commentarii di Gio. Mario Crescimbeni intorno alla sua historia della volgar Poësia.* Ce que cet Auteur en dit, est tiré de l'Ouvrage d'*Appiani. Jean Nicolas Paschal Alidosi p. 16. de ses Dottori forestieri che in Bologna hanno letto la Filosofia &c.*

JACQUES LECT.

JACQUES *Lect*, en Latin *Lectius*, naquit à *Geneve* vers l'án 1558.

Après les études ordinaires, il s'appliqua à la Jurisprudence, dans laquelle il se rendit fort habile. Sur le témoignage que *Theodore de Beze*, rendit au Conseil de *Geneve* de sa capacité en ce genre au mois d'Octobre 1583. il fut établi Professeur en Droit, pour faire des leçons alternativement avec *Jules Pacius*, autre Jurisconsulte fort habile.

Au mois de Janvier de l'année suivante, il fut élû Conseiller du

J. LECT.

petit Conseil ; ce qui ne l'empêcha pas de continuer à professer , & de recevoir les appointemens de Profeseur. Il fut depuis Collegue de *Denys Godefroy* , qui succeda à *Pacius* en 1585.

Il fut quatre fois Syndic de la Republique de *Geneve*, sçavoir en 1597, 1601. 1605. & 1609. & fut employé dans toutes les affaires considerables qui s'y firent de son temps.

Il a été aussi Lieutenant de cette ville , mais seulement une fois , parce qu'ayant été extrêmement exact & severe dans les fonctions de cette charge , le peuple ne voulut plus l'y nommer.

Il mourut au mois d'Août 1611. âgé de 53. ans. Le *Diarium Eruditorum* de l'an 1612. met sa mort au 25e. de ce mois.

Catalogue de ses Ouvrages.

1. *Q. Aurelii Symmachi Epistolarum libri* x. *Jacobus Lectius restituit , auxit notis. Addita nota Francisci Jureti jam ante vulgata. Geneva* 1587. *in-8°.* It. *Jac. Lectius secunda cura recensuit , notis , emendationibus , Epistolis etiam auxit. Ibid.* 1590. *in-8°.*

It. *S. Gervaſi* 1601. *in*-12.　　　J. LECT.

2. *Ad Modeſtinum de Pœnis Liber.* *Geneva* 1592. *in*-8°.

3. *De ſtudiis liberalibus publica ob mala non deſerendis Oratio, habita Geneva* 4. *Id. Junii* 1592. *pro inſtauratione ſchola Civilis. Geneva* 1592. *in*-8°.

4. *De vita Antonii Sadeelis & ſcriptis Epiſtola ad Archiepiſcopum Cantuarienſem. Geneva* 1593. *in*-8°. It. à la tête des œuvres de *Sadeel* ou *Chandieu. Geneve* 1599. & 1615. *in-fol.*

5. *De vita Æmilii Papiniani & ſcriptis, ſeu de officio prudentum Oratio, Geneva pronuntiata* 7. *Id. Novemb.* 1593. *Geneva* 1594. *in*-8°.

6. *Poëmatum liber unus. Lugduni* 1595. *in*-8°.

7. *Ad Æmilium Macrum de publicis Judiciis Liber. Lugduni* 1597. *in*-8°.

8. *Jonach, ſeu Poëtica Paraphraſis ad eum vatem. Typis Henrici Stephani* 1597. *in*-4°.

9. *De Vita & ſcriptis Domitii Ulpiani Orationes dua. Geneva* 1601. *in*-8°.

10. *Academia Genevenſis Palingeneſia, ſeu Panegyricus Chriſto Libera-*

J. Lect. *tori. Geneva* 1603. *in-4°.* Ce difcours roule fur la fameufe Efcalade de *Geneve*, qui fe fit le 22. Décembre de l'année précedente 1602.

11. *Hymnus* περὶ ἐυχαρίςιας. *Geneva* 1605. *in-4°.*

12. *Macarites, five in fuo bonorumque omnium luctu ex Theodori Bezæ morte fufcepto confolatio, frequentiffimo Conventu Academico ab egregiæ fpei adolefcente* J. M. *pronuntiata Genevæ.* 3. *Non. Maii* 1606. *Geneva* 1606. *in-8°.* It. en François : *Harangue de Jacques Lectius, prononcée dans l'Academie de Geneve le* 5. *May* 1606. *fur le deuil que lui & tous les gens de bien ont eu du decés de Théodore de Beze. Geneve* 1608. *in-8°.*

13. *De Memoria Oratio.* Je ne fçai quand a paru pour la premiere fois cet Ouvrage, qui fe trouve dans le Recueil des difcours de *Jacques Lect.*

14. *Poëtæ Græci veteres Heroïci, Græcè & Latinè, ex recenfione Jacobi Lectii. Geneva* 1606. *in-fol.* On a donné dans la même ville trois ans après la mort de *Lect*, c'eft-à-dire, en 1614. un fecond volume *in-fol.* qui contient les Poëtes Grecs Tragiques,

Comiques , Lyriques , & Epigram- J. Lect.
matiftes.

15. *De Officio Principis Orationes
tres publicè recitatæ ab Illuftr. & Ge-
nerof. Principibus Anhaltinis in inclyta Academia Genevenfi.* Je ne fçai fi
ces difcours ont paru féparement
des autres de *Lect* , qui en eft l'Auteur.

16. *Adverfus Codicis Fabriani τὰ
πρῶτα κακόδοξα præfcriptionum Theo-
logicarum libri duo. Geneva 1607. in-
8°.*

17. *Poëmata Varia. Geneva 1609.
in-8°.* It. Dans les *Deliciæ Poëtarum
Gallorum.*

18. *Lacrymæ Lectianæ , feu de Ill.
ac Gener. Principis D. Friderici Mau-
ricii Anhaltini vita Jacobi Lectii Oratio , publicè habita 7. Cal. Novembris
1610. in inclyta Academia Genevenfi.
Acceffere & Epicedia eidem Principi à
viris clariffimis fcripta. Ex Typog.
Joannis Tornæfii 1610. in-4°.*

19. *Claudiomaftix , feu adverfus
fcriptorem nuperum de vita & miracu-
lis Claudianis Oratio Apologetica. Genevæ 1610. in-4°.*

20. *Pro Errico IV. cui Magno cog-*

J. LECT. *nomentum* Εϖιταφιος λόγος. *Ex Typ.*
Tornæſii 1611. *in*-4°. C'eſt un Diſ-
cours en proſe à la loüange du Roi
Henri IV.

21. *Certaminis Pygmæorum cum*
Gruibus deſcriptio. Opus Poſthumum
Jacobi Lectii. Geneva 1613. *in*-8°.

22. *Jacobi Lectii Orationes. Geneva*
1615. *in*-8°. C'eſt un Recueil des
diſcours de *Lect*, dont j'ai parlé ci-
deſſus, & des Epitres dedicatoires,
qu'il a miſes à la tête de ſes Ouvrages.

23. *Eccleſiaſtes heroïco carmine ex-*
poſitus. Geneva 1588. *in*-4°.

24. *Franciſci Hottomanni Opera,*
cura Jacobi Lectii edita. Geneva 1599.
in-fol. trois vol.

V. *Les Notes ſur l'Hiſtoire de Ge-*
neve de M. Spon. tom. 1. *An.* 1612.

NICOLAS CATHERINOT.

NICOLAS *Catherinot* naquit au Château de *Luffon* près de *Bourges* le 4. Novembre 1628. de *Denys Catherinot*, Conseiller au Préfidial de *Bourges* & de *Michelle Riglet*.

Il eut le malheur de perdre dans fon enfance, fon pere qui mourut le 1. Mars 1631. mais cette perte ne l'empêcha pas de s'appliquer de bonne heure à l'étude, & d'y faire d'affez grands progrès.

Après avoir étudié en Droit, il obtint des licences à *Bourges* en 1650. Il vint enfuite à *Paris*, où il fe fit recevoir Avocat au Parlement, & frequenta affiduement le barreau jufqu'à fon retour à *Bourges*.

A peine y fut-il arrivé en 1653. qu'il époufa le 2. Juin de cette année *Marie Dorfanne*, fille de *Jacques Dorfanne*, ami intime de M. *Pithou*, & Receveur Général des Decimes de Berry.

Il traita quelque temps après des

N. CA-
THERI-
NOT.

Charges d'Avocat du Roi & de Conseiller au Présidial & Bailliage de *Bourges*, & il en fut pourvû par des lettres du 13. Avril 1655.

Il perdit en 1663. après dix années de mariage, sa femme, qui mourut en couche le 15. Septembre, dans sa 26e. année; & il passa les 25. années qu'il lui survêcut dans le célibat.

Il mourut le 28e. Juillet 1688. d'une maladie qui ne dura que cinq jours, & qui commença par une colique suivie de fievre, de transport au cerveau, & enfin d'apoplexie. Il étoit alors dans sa 60e. année.

Il fut enterré dans l'Eglise de l'Hôtel-Dieu de *Bourges*, où il avoit choisi sa sepulture proche de celle de ses Ancêtres.

C'étoit un homme qui aimoit beaucoup le travail, & qui avoit quelque érudition. Il y a dans ses nombreux écrits quelque chose de bon & de curieux; mais cela est noyé dans un fatras d'inutilités, qui n'apprennent rien. Il avouë lui-même, qu'il faut lui pardonner les redites, les omissions & le peu d'ordre. C'est déja

déja beaucoup ; mais il pouvoit en
core demander grace fur les digref-
fions continuelles, qui font perdre
de vûë le fujet principal qu'il fe pro-
pofe de traiter, & fur plufieurs autres defauts auffi effentiels.

Auffi ne trouvoit-il point d'Imprimeur, qui voulût faire les frais
d'imprimer fes Ouvrages, & il étoit
obligé de les faire lui-même. C'étoit
pour cette raifon qu'il les compo-
foit fi courts, qu'il employoit de
mauvais papier, & qu'il n'y mettoit
point de frontifpice. Son œconomie
en ce genre alloit fi loin, que quand
fes opufcules étoient trop étendus
pour pouvoir tenir dans une ou deux
feüilles *in*-4°. d'impreffion, c'eft-à-
dire, dans quatre ou huit pages, il
faifoit finir à la fin de la quatriéme
ou de la 8ᵉ. & renvoyoit le refte à
un autre fois.

On lit dans le *Menagiana* tom. 2.
p. 361. une chofe affez finguliere
fur l'adreffe dont il fe fervoit pour
repandre fes Ouvrages. » Comme
» ils n'étoient pas d'un grand débit,
» dit-on, & qu'aucun Libraire n'eût
» voulu s'en charger, M. *Catheri-*

Tome XXX. R

N. Ca-
theri-
not.

» *not*, quand il venoit à *Paris*, se
» chargeoit de quantité de ses exem-
» plaires en blanc (car on n'en a ja-
» mais vû autrement) & passant par
» dessus les Quais, il faisoit semblant
» de regarder les vieux livres qu'on
» y étale ; & tirant de sa poche cinq
» ou six de ses exemplaires, il les
» fourroit adroitement parmi ces
» vieux livres. C'est la méthode qu'il
» avoit inventée dès qu'il commen-
» ça d'écrire, & qu'il a continuée
» jusqu'à sa mort pour immortaliser
» son nom.

Au reste quoique ce ne fût pas un
genie des plus sublimes, son amour
pour les Lettres lui a fait faire des
recherches, principalement sur l'Histoire du Berry, & sur les Professeurs
de *Bourges*, qui méritent qu'on ne
méprise point absolument tout ce
qui vient de lui.

Ses opuscules peu recherchés autrefois, commencent à le devenir
maintenant, à cause de leur rareté,
& de la difficulté de les rassembler :
circonstances, qui font le merite de
bien des livres, dont on ne feroit
point de cas sans cela. On ne les trou-

ve plus que dans les Cabinets des curieux, dont aucun même n'en à le recueil complet.

On aſſure qu'il a mis cent trente traités au jour. Je ne ſçai ſi ce calcul eſt juſte ; mais je n'en ai pû decouvrir que 118. dont la plus grande partie m'a paſſé par les mains.

Catalogue de ſes Ouvrages.

1. *Calendrier Hiſtorique de Bourges des années* 1656. & 1657. *Catherinot* le marque à la fin d'une des Liſtes de ſes Ouvrages, ajoûtant qu'il faut le revoir.

2. *Notæ ad Teſtamentum Pithœanum. Biturigis* 1660. *in*-12. *pp.* 20. Le Teſtament n'y eſt point de ſuite, mais ſeulement par parcelles.

3. *Notæ ad Altercationes Hadriani Imperatoris. Avarici Biturigum,* 1660. *in*-12. *pp.* 56.

4. *Obſervationum & Conjecturarum liber* 1. *Biturigis* 1660. *in*-12. *pp.* 36. Ces obſervations roulent ſur le Droit, auſſi bien que les trois livres ſuivans.

5. *Epigrammatum liber primus. Biturigis* 1660. *in*-12. *pp.* 20. Les Poëſies de *Catherinot* ſont peu de cho-

se , & ne meritent aucune attention.

6. *Epigrammatum liber secundus.
Biturigibus* 1660. *in-*12. *pp.* 20. *Catherinot* ayant trouvé à ce second livre quelques fautes d'impreſſion ,
écrivit pour les corriger la lettre
suivante.

7. *Benigno Lectori Nicolaus Catha-
rinus* , *in-*12. *pp.* 2. Elle eſt datée du
6ᵉ. Août 1660.

8. *Epigrammatum liber tertius. Biturigibus* 1660. *in-*12. *pp.* 20.

9. *Obſervationum & Conjecturarum
liber II. Avarici Biturigum* 1661. *in-*
12. *pp.* 43.

10. *Obſervationum & Conjecturarum liber III. Ibid.* 1661. *in-*12. *pp.*
40.

11. *Epigrammatum liber quartus.*
(1661.) *in-*12. *pp.* 20.

12. *Epigrammatum liber quintus.
in-*12. *pp.* 20. La date eſt du mois
d'Octobre 1661. Rien de plus froid
& de plus puerile que toutes ces E-
pigrammes.

13. *Notæ ad Sympoſii Enigmata.
in-*12. *pp.* 52. Datées du mois d'Octobre 1661.

14. *Obſervationum & Conjectura-*

tum liber IV. Avarici Biturigum 1661. N. CA-
*in-*12. *pp.* 50. Daté du mois de Dé- THERI-
cembre. NOT.

15. *Diſſertations du Droit François.*
(1662.) *in-*4°. fort petit. *pp.* 24. On
y examine quelques articles du Droit
François.

16. *Le Franc-Aleu de Berry ; factum
pour le ſieur de Tizay.* (1662.)

17. *Coutumes Generales du Berry,
avec un Traité des Coutumes. Bourges*
1663. *in-*16. Son traité des Coutumes
de France a été inſeré par M. *Gueret,* dans les Oeuvres de M. *le Prêtre,* qui étoit ſon allié ; comme il
nous l'apprend lui-même, dans le
préambule du *Journal du Parlement*
de *Denys Catherinot,* ſon pere, dont
je parlerai plus bas.

18. *Les Anticommuneaux ; écrit pour
le ſieur de Coulon ſur Auron.* (1663.)
C'eſt un factum pour *Catherinot* lui-
même, qui étoit Seigneur de *Coulon.*

19. *Coûtume Manuſcrite du Berry ;*
non achevée d'imprimer, dit-il
dans ſes liſtes. Je ne ſçai, ſi elle l'a
été entierement. (1664.)

20. *Epigrammatum liber* 6. 7. &

R iij

N. CA- 8. 1664. *in*-4°. *pp.* 63.

THERI-
NOT.

21. *Factum pour Denys Catherinot sieur de Champroy, contre* M. *le Procureur Général de la Cour des Aydes.* (1665.) *in-fol. pp.* 2. Ce factum est intitulé dans les listes : *Le Noble mal taxé.*

22. *Deuxiéme Factum de Noblesse, pour Denys Catherinot, sieur de Champroy.* (1665.) *in*-4°. *pp.* 4.

23. *Douze Reglemens du Palais Royal de Bourges.* (1667.) Je ne sçai ce que c'est.

24. *Le Decret supposé.* Ecrit pour les Héritiers du sieur *du Souchet.* (1669.)

25. *La Charge suit la chose.* Ecrit pour l'Auteur. (1671.)

26. *Que le Parquet de Bourges* (Les Gens du Roi) *est du Corps de l'Université. Bourges* 1672. *in*-4°. *pp.* 20. sans compter une Lettre à M. *Gougnon*, Avocat du Roi au Présidial de *Bourges*, & sa réponse tenant 9. pages.

27. *Scholarum Bituricarum Inscriptio. in*-4°. *pp.* 12. datée de l'an 1672. C'est un Eloge des Ecoles de *Bourges*, & un Catalogue des Professeurs.

qui y ont enſeigné le Droit & la Médecine. Cet Ouvrage , qui eſt un des
plus curieux de *Catherinot* , contient
bien des dates qu'on ne trouveroit
point ailleurs ; il ſeroit à ſouhaiter
qu'elles fuſſent toutes juſtes.

N. CA-
THERI-
NOT.

28. *Factum pour M. Denys Cathe-*
rinot , Receveur Provincial des De-
cimes en la Generalité de Bourges , De-
mandeur en Taxe & payement ſolidai-
re des depens , contre M. Michel Sa-
las , ci-devant Commis à la recette des
Decimes au Diocèſe d'Orleans. (1672.)
*in-*4°. *pp.* 4. Ce factum eſt dans ſes
liſtes ſous le titre des *Depens refuſés.*

29. *Manuel de l'Hôpital general*
de Bourges. 1672. *in-*4°. *pp.* 27. Ce
ſont les Reglemens , les Edits , les
Bienfaiteurs , & l'ordre de cet Hôpital.

30. *Diſtiques ſur le Louvre , au Roi.*
Bourges 1672. *in-*8°. *pp.* 15. Quoique le titre du livre ſoit François ,
il ne contient cependant que des
diſtiques Latins , aſſez mauvais, pre-
cedés d'une Epitre Françoiſe au Roi.

31. *Généalogie de Meſſieurs Dor-*
ſannes. (1673.) *in-*4°. *pp.* 8. Cet Ouvrage n'eſt pas fini ; & on lit à la fin

R iiij

N. CA-de la 8ᵉ. page, que le reste sera im-
THERI- primé dans la suite.

NOT.   32. *Tombeau Généalogique.* (1674.)
in-4°. pp. 40. C'est la Généalogie de
sa famille. On y voit non seulement
ses parens, mais encore ses alliés.

33. *Les Avocats du Roi Conseillers,*
Dissertation. (1674.) *in-4°. pp.* 8.

34. *Manifeste de l'Hôpital Général*
de Bourges. (1674.) *in-4°. pp.* 7. Ce
factum est intitulé dans les listes *le*
Billet suspect.

35. *Fori Bituricensis Inscriptio. Bi-*
turigibus 1675. *in* 4°. *pp.* 44. C'est un
Eloge du Palais & des Magistrats de
Bourges. On y trouve bien des dates
& des particularités.

36. *Requeste pour Factum à Nossei-*
gneurs du Parlement. (1676.) *in-4°.*
pp. 4. Elle est en faveur de *Denys*
Catherinot, pour l'affaire de *Salas,*
dont il est parlé au N°. 28.

37. *Supplement à cette Requeste.*
Marqué dans une des listes, aussi
bien que l'Ouvrage suivant.

38. *Propempticum ad G. Lamonium*
Protopræsidem. Cela regarde la même
affaire.

39. *Que les coûtumes ne sont point*

de Droit étroit. 1676. *in-*4°. *pp.* 19. N. CA-
C'eſt un diſcours qu'il fit le 6. No- THERI-
vembre de cette année, pour l'ou- NOT.
verture du Palais de *Bourges*, qui
étoit la douziéme depuis qu'il avoit
la charge d'Avocat du Roi.

40. *Repotia Catharinica.* (1677.)
*in-*4°. *pp.* 4. *Guillaume de Sauzay*
épouſa le 18. Janvier 1677. *Catheri-*
ne Catherinot, fille de notre Auteur.
Le lendemain un plancher de la mai-
ſon de *Catherinot*, où la nôce s'étoit
faite, tomba ſans que perſonne en
fût bleſſé. Cet accident donna occa-
ſion à trois pieces de vers François,
& à une autre de vers Latins, tous
également mauvais, qui furent com-
poſés par differentes perſonnes, &
que *Catherinot* à réunies ici.

41. *Le Decret volontaire.* (1677.)
Factum qui regarde une terre du *Ber-*
ry.

42. *Manifeſte pour le Seigneur de*
Coulons ſur Oron. (1677.) *in-*4°. *pp.*
8. Cette piece intitulée dans les liſtes
le huitiéme denier, regarde *Catheri-*
not, qui avoit été taxé pour ſa Terre
de *Coulons*.

43. *Queſtion d'une Rente amortie.*

N. CA-
THERI-
NOT.

(1678.) *in*-4°. *pp.* 4. Cet écrit a pour titre dans les listes : *La Rente Negligée.* C'étoit une affaire qui regardoit l'Auteur.

44. *L'Appel sans Grief.* 1678. *in*-4°. *pp.* 4. Ce factum regarde encore *Nicolas Catherinot*, & *Denys*, son frere.

45. *Le Legataire héritier.* 1678. *in*-4°. *pp.* 4. Cet Ecrit est aussi pour l'Auteur.

46. *Le Prest gratuit. Bourges* 1679. *in*-4°. *pp.* 92. C'est une dissertation contre l'établissement des Rentes, que l'Auteur desaprouve fort ; il y a bien de l'érudition inutile, & les digressions y sont sans fin.

47. *L'Avantage sans avantage.* (1679.) *in*-4°. *pp.* 4. C'est un factum pour une affaire particuliere du sieur *de Sauzay.*

48. *Les Novales de Venême.* Ecrit pour le sieur de *la Mote - Turlin.* (1679.) C'est un factum pour *Denys Catherinot*, son frere.

49. *Factum pour M. Nicolas Catherinot*, *sieur de Coulons*, *contre M. René Dorsanne*, *Seigneur de Tizay &c. Lieutenant Général au siege Royal d'Is-*

foudun. (1680.) *in-*4°. *pp.* 10. Les liſtes le marquent ſous le titre du *Par-*
tage inégal.

50. *Eſcu d'Alliance.* (1680.) *in-*4°.
pp. 20. Ce ſont les Généalogies de
pluſieurs parens de ſa mere & de ſa
femme.

51. *Le Sanctuaire de Berry. Bourges*
1680. *in-*4°. *pp.* 36. C'eſt une eſpece
de Martyrologe des Saints de ce
Pays, ſur chacun deſquels l'Auteur
rapporte quelques particularités. Ils
ſont rangés par ordre Alphabetique;
mais ce qu'on en voit ici ne va que
juſqu'à l'I incluſivement. L'Auteur
promettoit une ſeconde partie qui
contiendroit les autres, dont il donne ici une ſimple liſte; cette pro-
meſſe cependant n'a pas eu d'effet.
Cet écrit eſt daté du premier Octobre 1680. & *Catherinot* a mis depuis
une date préciſe à la plûpart de ſes
Traités. On voit à la fin une liſte
des Ouvrages qu'il avoit déja donnés au Public; mais elle eſt fort im-
parfaite, puiſqu'il n'y en a que 39.
qui d'ailleurs ne ſont pas bien rangés. La même choſe s'obſerve dans
les liſtes qu'il a données depuis : ce

N. CA=
THERI-
NOT.

N. CA-
THERI-
NOT.

qui fait voir son peu d'exactitude.

52. *Le Patriarchat de Bourges.* 1681. *Le premier Janvier.* in-4°. pp. 20. Cet Ouvrage, divisé en trois parties, tend à soutenir le Patriarchat de cette ville.

53. *Castigationes ad Hymnos Ecclesiæ.* (1681.) *in*-4°. *pp.* 8. Ses prétenduës corrections ne vallent pas la peine qu'on s'y arrête.

54. *Le Nobiliaire de Berry.* 1681. *Le* 30 *Juin.* in-4° *pp.* 8.

55. *L'Abonnement de Poincy.* (1681.) *in*-4°. *pp.* 4. C'est un factum pour le Seigneur de *Poincy*, lieu situé à une lieuë de *Bourges.*

56. *Le Mal Assigné*, *pour le sieur de Sauzay.* 1681. *in*-4°. *pp.* 4.

57. *Le Créancier plus que payé.* Ecrit pour le sieur de *Sauzay.*

58. *Le Nécrologe de Berry.* 1682. *Le premier Juin.* in-4°. *pp.* 8. Ce Nécrologe rangé par ordre des temps, s'étend depuis l'an 251. jusqu'en 997.

59. *La Plaideuse.* (1682.) *in*-4°. *pp.* 4. C'est un Factum pour le sieur *de Sauzay* contre une veuve que l'Auteur prétend plaider mal à pro-

pos pour une chofe de peu de confe-
quence.

60. *Le Droit de Berry.* 15. *Juin* 1682.
*in-*4°. *pp.* 12. C'eft un Recueil des
pieces qui fervent à former le Droit
du Berry, rangées fuivant leurs titres par l'ordre des temps. On voit
à la fin une lifte des Ouvrages de *Ca-*
therinot, qui font au nombre de 50.

61. *La Main de Scevola. Le* 8.
Juillet 1682. *in-*4°. *pp.* 12. *Catherinot*
prétend que ce que *Tite-Live* dit de
la Main brûlée de *Scevola,* eft une
fable.

62. *Les Antiquités Romaines du Ber-*
ry. Le 28. *Juillet* 1682. *in-*4°. *pp.* 8.

63. *Les Illuftres du Berry. Le* 12.
Septembre 1682. *in-*4°. *pp.* 12. L'Auteur ne parle que des hommes illuftres dans l'Etat & dans l'Eglife, re-
fervant à une autre fois ceux qui ont
excellé dans les fciences & dans les
Arts. Mais cette feconde partie n'a
point paru.

64. *La prévention. Le* 28. *Novem-*
bre 1682. *in-*4°. *pp.* 8. La prévention,
dont il s'agit ici, eft, dit-il, un
Droit appartenant aux Préfidiaux,
Baillifs & Sénechaux de France, qui

N. CA-
THERI-
NOT.

confifte à connoître en premiere inſtance, ſur les Juges non Royaux, d'une matiere de laquelle ils ne devroient connoître qu'en matiere d'appel.

65. *Le Decret de Maron.* Le 7. Décembre 1682. *in-4°. pp.* 12. C'eſt un factum pour *Denys Catherinot*, contre *George Guerin*, Seigneur de *Maron*.

66. *La Chronographie de Berry.* Le 18. *Décembre* 1682. *in-4°. pp.* 8. Cette Chronographie, qui eſt fort abregée, s'étend depuis l'an 1001. juſqu'en 1174.

67. *Les Tribunaux de Bourges.* Le 7. *Janvier* 1683. *in-4°. pp.* 12.

68. *La rente de Seris.* Le 20. *Janvier* 1683. *in-4°. pp.* 4. Il s'agit ici d'une rente fonciere dûë à *Marie Dorſanne*, femme de notre Auteur, par le Hameau de *Seris*.

69. *Les Patronages de Berry.* Le premier *Mars* 1683. *in-4°. pp.* 8. On lit à la fin ces vers.

Autor ad Publium & Aulum.
Edo breves libros ; vitio mihi vertitis, atqui

Tu nullos , Publi , tu facis , Au-
le , malos.

Edo breves libros ; quia deſunt otia : magnos

   Edam aut majores , otia cum fue-
   rint.

Edo breves libros ; nobis ſtudioſus
   Apollo

   Perſpicua melius nil brevitate de-
   dit.

Edo breves libros ; brevis eſt inſania
   noſtra ,

   Et quo fit brevior , fit minus illa
   mala.

Edo breves libros ; quia paſſim gau-
   deo ferri ,

   Gaudeo tractari , gaudeo ſæpe teri.

Edo breves libros ; tot parvos junge
   libellos ,

   Et tibi non unum grande volumen
   habes.

Edo breves libros ; tales feciſſe vi-
   dentur

   Hippocrates magnus , magnus A-
   riſtoteles.

Edo breves libros ; quia qualia qua-
   lia nempe

   Impenſis noſtris edimus hæc bre-
   via.

*Edo breves libros ; quia magnus di-
citur esse*

*Et vere magnum dicitur esse ma-
lum.*

*Edo breves libros ; odio est mihi ma-
xima fama.*

*Aut minus aut minimum cognitus
esse volo.*

70. *Les Eglises de Bourges. Le 15.
Mars 1683. in-4°. pp. 12.*

71. *Les Archevêques de Bourges. Le
27. Mars 1683. in-4°. pp. 8.* L'Auteur s'arrête au commencement du
x. siecle , disant que les Archevêques suivans sont assez connus.

72. *Les Recherches de Berry. Le premier Juillet 1683. in-4°. pp. 8.* C'est
une liste Alphabetique des noms de
differens lieux du Berry, sur lesquels
l'Auteur débite quelque érudition;
mais pour ne point rendre l'Ouvrage trop long, il s'est borné aux trois
premieres Lettres.

73. *Annales Typographiques de
Bourges. Le 23. Juillet 1683. in-4°.
pp. 8.* Elles sont fort imparfaites.

74. *Le Pouillé de Bourges. Le 5.
Août 1683. in-4°. pp. 16.*

75.

75. *Les Axiomes du Droit François.* N. CA-Le 14. *Août* 1683. *in*-4°. *pp.* 8. Ils THERI-font rangés par ordre Alphabetique, NOT. mais il n'y a que les trois premieres lettres.

76. *Le Vray Avaric. Le* 17. *Août* 1683. *in*-4°. *pp.* 12. L'Auteur prétend que c'est *Bourges.* On voit ici la liste de ses derniers Ouvrages.

77. *La Gaule Grecque. Le* 23. *Août* 1683. *in*-4°. *pp.* 8. Il prétend que la langue Grecque s'est introduite autrefois dans les Gaules , & qu'il en reste beaucoup de vestiges dans nos mots & dans nos manieres de parler.

78. *Les Diocèses de Bourges. Le pre-mier Septembre* 1683. *in*-4°. *pp.* 8.

79. *Le Bullaire de Berry. Le* 4. *Sep-tembre* 1683. *in*-4°. *pp.* 4. Ce n'est qu'une liste des Bulles , accordées pour le Berry.

80. *Les doublets de la Langue. Le* 15. *Septembre* 1683. *in*-4°. *pp.* 12. L'Auteur appelle doublets les diverses traductions d'un même mot. On voit ici une longue liste de divers mots Latins , qui ont differentes significations en François.

Tome XXX. S

N. CA-
THERI-
NOT.

81. *Le Diplomataire de Berry. Le* 20. *Septembre* 1683. *in-*4°. *pp.* 4. C'est une liste des Diplomes donnés en differens temps pour le Berry. Le dernier est de 1323.

82. *La Regale universelle. Le* 13. *Novembre* 1683. *in-*4°. *pp.* 20. *Catherinot* s'est proposé ici de prouver que le Roi à droit de Régale dans tout son Royaume.

83. *Annales Themistiques de Berry. Le* 9. *Août* 1684. *in-*4°. *pp.* 4. Ces Annales s'étendent depuis 1301. jusqu'en 1361. Elles ne regardent que la Justice Ecclesiastique & seculiere.

84. *Annales Ecclesiastiques de Berry. Le* 3. *Septembre* 1684. *in-*4°. *pp.* 4. Elles s'étendent depuis l'an 1201. jusqu'en 1240.

85. *Annales Academiques de Bourges. Le* 13. *Septembre* 1684. *in-*4°. *pp.* 4. Elles vont depuis 1466. jusqu'en 1491.

86. *Les Fastes Consulaires de Bourges. Le* 27. *Septembre* 1684. *in-*4°. *pp.* 4. Depuis 1402. jusqu'en 1474.

87. *Le siege de Bourges. Le* 13. *Octobre* 1684. *in-*4°. *pp.* 4. Ce siege est de l'an 1562.

88. *Le Calvinifme de Berry.* Le 15. N. CA-
Novembre 1684. *in*-4°. *pp.* 4. Ce font THERI-
des Annales des évenemens arrivés NOT.
dans le pays depuis 1529. jufqu'en
1557. foit qu'ils regardent le Calvinifme, ou non.

89. *Les Dominateurs de Berry.* Le
25. *Novembre* 1684. *in*-4°. *pp.* 4. Il
ne parle que des Empereurs Romains.

90. *La vie de Mademoifelle Cujas.*
Le 10. *Decembre* 1684. *in*-4°. *pp.* 4.
Cette vie a été réimprimée à la p.
90. du 2ᵉ. tome du Recueil des *Pie-
ces fugitives* de l'Abbé *Archambaud.*
Paris 1717. *in*-12.

91. *Les Alliances de Berry.* Le 16.
Décembre 1684. *in*-4°. *pp.* 4. L'Auteur fe borne aux trois premieres
lettres de l'Alphabet.

92. *Remarques fur le Teftament de
M. Cujas.* Le 2. Janvier 1685. *in*-4°.
pp. 4.

93. *Les Romains Berruyers.* Le 25.
Janvier 1685. *in*-4°. *pp.* 4. Ils font
rangés par ordre Alphabetique; mais
l'Auteur s'arrête au commencement
de la lettre C.

94. *L'Art d'Imprimer.* Le 10. *Mars*

N. CA-
THERI-
NOT.

1685. *in*-4°. *pp.* 12. Il n'y a ici rien que de fort superficiel : aussi l'Auteur avoüe-t'il qu'il a écrit cela sans livres , & de seule mémoire.

95. *Tombeaux Domestiques.* (1685.) *in*-4° *pp.* 4. Ce sont les Epitaphes de quelques personnes de sa famille , entre autres celle de sa femme, & de *Denys Catherinot* son frere , qui sont de sa façon.

96. *Traité de l'Artillerie. Le* 25. *Mars* 1685. *in* 4°. *pp.* 16.

97. *Bourges Souterrain. Le* 18. *Juin* 1685. *in*-4°. *pp.* 8. C'est un Recueil des decouvertes qu'on a faites à *Bourges* depuis plusieurs années, en creusant la terre , & qui font connoître son ancienneté.

98. *Commission. Le* 4. *Juillet* 1685. *in*-4°. *pp.* 4. C'est une commission adressée à *Nicolas Catherinot* , pour exercer la charge de Receveur Provincial alternatif des Decimes de la Generalité de *Bourges* pour l'année 1685. à la place de *Denys Catherinot* , son frere , mort le 29. Avril 1684. Elle est datée du 24. May 1685. *Catherinot* , qui l'a fait imprimer , y a ajouté plusieurs particu-

larités ſur cette Recette.

99. *Le petit Villebœuf.* (1685.) in-
4°. *pp.* 4. C'eſt un factum pour les
droits Seigneuriaux du *petit Ville-*
bœuf, poſſedé par la veuve de *De-*
nys Catherinot.

100. *Le Journal du Parlement à*
M. de Gueret. Le premier Août 1685.
in 4°. *pp.* 4. Ce Journal eſt de *Denys*
Catherinot, pere de notre Auteur.
Il y avoit inferé 150. Arrêts rendus
pendant les années 1611. & 1612.
Mais l'Editeur n'en donne ici que
10. rendus pendant le mois d'Août
1611. afin de ne pas aller au de-là
de la feüille. Il faut inferer ici ce
qu'il y dit de ſon pere.

Denys Catherinot naquit à *Château-*
roux le 23. Février 1592. d'une famille alliée des *Batonneaux* de *Paris,*
& des *Pinettes* de *Bourges.* Après avoir
fait ſes études dans cette derniere
ville, il y fut reçu Avocat au mois
d'Août de l'année 1610. & vint enſuite à *Paris*, où il paſſa deux années,
frequentant le Barreau; & ce fut alors
qu'il recueillit les Arrêts, dont il
s'agit ici. Etant retourné à *Bourges*,
il y traita d'une charge de Conſeiller

au Présidial de cette ville , & y fut
reçu le 18. Mars 1617. Il épousa le
20. Janvier 1619. *Catherine Bigot* ,
qui mourut vers l'an 1627. sans po-
sterité. Il épousa en secondes nôces
le 6. Février 1628. *Michelle Riglet* ,
de laquelle il laissa trois enfans , *Ni-*
colas , dont il s'agit ici , *Denys* , sieur
de *Champroy* & de la *Mote-Turlin* ,
& *Marie* , qui épousa *Etienne Gassot* ,
sieur de *S. Priou.* Il mourut le premier Mars 1631. âgé de 39. ans.

101. *Traité de la Marine. Le* 20.
Octobre 1685. *in-*4°. *pp.* 27.

102. *Les Fondateurs de Berry. Le*
2. *Janvier* 1686. *in-*4°. *pp.* 8. Il y a
bien des conjectures sans aucun fondement.

103. *Gratianus recensitus. Le* 2. *Sep-*
tembre 1686. *in-*4°. *pp.* 4. C'est l'A-
nalyse de ce qui est contenu dans le
Decret de *Gratien.*

104. *Chronicon Juris Sacri. Le* 9.
Septembre 1686. *in-*4°. *pp.* 4. C'est
une espece de Chronique fort super-
ficielle des premiers temps du monde.

105. *Imperium Romanum. Le* 25.
Septembre 1686. *in-*4°. *pp.* 4. C'est

une liſte Alphabetique des dignités
de l'Empire de l'Orient & de l'Oc-
cident.

106. *Codex Teſtamentorum.* Le 4.
Octobre 1686. *in-*4°. *pp.* 4. On voit
ici une liſte de ceux qui dans l'ancien Teſtament, & parmi les Romains ont fait des Teſtaments, &
ce qu'ils contenoient.

107. *Antediluviani. Le* 13. *No-*
vembre 1686. *in-*4°. *pp.* 4. Les ſentimens & la maniere de vivre de ceux
qui vivoient avant le deluge font le
ſujet de cet Ecrit.

108. *Les Intimés calomniés. in-*4°.
pp. 4. C'eſt un factum compoſé après
l'an 1686. pour une affaire qui le regardoit.

109. *Juriſconſulti Exotici. Le* 4. *Fé-*
vrier 1687. *in-*4°. *pp.* 4. On voit ici
le Catalogue des anciens Legiſla-
teurs, Juifs, Grecs & Romains.

110. *Les Philippes de Berry. Le* 26.
Février 1687. *in-*4°. *pp.* 8. Il s'agit
dans ce Traité des Monnoyes, qui
portent le nom de *Philippe*, & qui
ont été trouvées en terre dans le
Berry.

111. *Traité des Martyrologes. Le*

N. CA-
THERI-
NOT.

2. *Août* 1687. *in-*4°. *pp.* 24.

112. *La date mal contestée. in-*4°. *pp.* 4. Ce factum, qui regarde une affaire particuliere, a été fait après le mois d'Août 1687.

113. *Traité de la Peinture. Le* 18. *Octobre* 1687. *in-*4°. *pp.* 24.

114. *Les Paralleles de la Noblesse. Le* 2. *Janvier* 1688. *in-*4°. *pp.* 11. Ce sont trois comparaisons. 1°. De la noblesse ancienne, & de la nouvelle. 2°. De la noblesse d'épée & de celle de robbe. 3°. De la noblesse de campagne & de celle de ville. Il y donne dans chacune la preference à la derniere.

115. *La Religion unique. Le* 12. *Février* 1688. *in-*4°. *pp.* 12. Cette Religion est la Catholique.

116. *Traité de l'Architecture. Le* 10. *Mars* 1688. *in-*4°. *pp.* 24.

117. *Animadversiones ad Basilica.* 1688. *in-*4°. *pp.* 4.

118. *La bonne foy du sieur Catherinot. in-*4°. *pp.* 4. J'ignore la date de ce factum, qui regarde une affaire particuliere de l'Auteur.

V. *Son Eloge dans le Journal des Sçavans du* 30. *Août* 1688. *On trouve*

aussi

auſſi dans ſes *Ouvrages* quelques particularités de ſa vie, qui ſervent à redreſſer ou à augmenter cet *Eloge.*

NICOLAS CAMUSAT.

NICOLAS *Camuſat* naquit à Troyes l'an 1575. d'une bonne famille. N. CA-MUSAT.

Ayant embraſſé l'état Eccleſiaſtique, il fut ordonné Prêtre, & revetu d'un Canonicat de l'Egliſe Cathedrale de cette ville, dediée à *S. Pierre*, qu'il a conſervé juſqu'a ſa mort.

On ne connoît de particularités de ſa vie, que ce qui eſt renfermé dans ſon Epitaphe. On y voit que c'étoit un homme partagé entre les fonctions de ſon Egliſe & l'étude, fort charitable, negligé dans ſon exterieur, & vivant d'une maniere fort ſimple.

Il mourut à *Troyes* le 20. Janvier 1655. dans ſa 80. année, & fut enterré dans l'Egliſe de *S. Flobert*, & non point dans la Cathedrale, comme quelques Auteurs l'ont dit. On

Tome XXX. T

N. CA-
MUSAT.

voit en ce lieu cette Epitaphe , écrite dans un grand Cadre suspendu
au côté gauche du chœur près de sa
sepulture.

Epit. Cl. & Doct. Viri D. Nicolai
Camuzatii , Trecensis , insignis Eccle-
siæ S. Petri Canonici.

Siste , Viator , nec Musarum paren-
tem pedibus calca , venerare in hoc tu-
mulo magni Camuzatii olim eruditum
caput ; suspice litterarum vetus sacra-
rium , & viventem quondam scientia-
rum officinam demirare. Heu ! jacet
magni nominis umbra. Luge , si litte-
ras amas , quas jam enixe deperiit.
Geme , si pietatem profiteris , quam co-
luit. Plange , si censeris inter Cives,
quos ornavit. Vir erat multorum sæcu-
lorum ; si annos computes , vixit octo-
genario major ; si eruditionem spectes ,
sæculis omnibus antiquior. Multas retro
ætates emensus , non annorum spatiis ,
sed studiorum curriculis , & quod mi-
rere , tot evolvit mundi senescentis tem-
pora , nec senuit. Ingenio semper vivi-
dus , memoria firmus , acumine vege-
tus. At dum numeravit annos , facta
ponderavit , Imperatorum , Nobilium ,
Præsulum imagines pinxit nec vidit.

*Vetuſtas plurium ſæculorum ſtirpes re-
texuit pene unius horæ circuitu, diſſo-
lutas conſeruit inviolabilis ſtili nexu,
detrimento nullo magnitudinis, præco-
nio virtutis, ſed ſine diſpendio veritatis. Perluſtravit Provincias, animi
greſſibus, non corporis paſſibus. Cruen-
tas ſtrages regnorum & fortunæ ludos
ſpectavit tranquillus. Omnia denique
movit immotus. Nec vacillavit dexte-
ra, nec exerravit lingua, nec defecit
induſtria. Inter tot dotes ſpectabilis
omnibus, ſibi deſpectus, humilis pene
ad faſtidium, infenſior ad plauſum.
Corporis habitu incultus, & docto librorum pulvere ſordidus, cultum ſper-
nebat corporis, ornatum quærebat mentis, at non pompam virtutis. Colebat
pietatem religioſe ſine faſtu. Pius Sa-
cerdos ſine apparatu, propriæ arbiter
conſcientiæ, nec judex alienæ. In ege-
nos munificus, in ſeipſum parcus, ſed
ubique ſecretus. At plus radiavit glo-
ria dum latuit, extra Galliam ſcientia
tranſvolavit, ſortita eſt præcones, quos
habere non potuit ſpectatores; nota quidem ſingulis, ſed plus exteris chara
quam ſuis; quamvis fuerit lux Patriæ,
ſplendor Galliæ, decus Eccleſiæ. Sed*

N. CA-
MUSAT.

heu ! tantum sidus Parca vindex ex-
tinxit. Illuxit cœteris, sibi defecit. De-
plora, Viator, mortuæ lucis dispendium
& te quoque cogita moriturum. Parenta
litterarum principi. Apprecare illi æter-
nitatem felicitatis, qui pluribus contu-
lit immortalitatem. Specta, ora, &
luge.

Obiit xx. *Januarii an.* 1655. *ætatis*
sua 80.

Catalogue de ses Ouvrages.

1. *Anonymi Monachi S. Mariani*
Altissiodorensis, Ordinis Præmonstra-
tensis, Chronologia ab orbis origine us-
que ad annum Christi. 1220. *cum Ap-*
pendice usque ad annum 1223. *primùm*
in lucem edita. Trecis 1608. *in-*4°.

2. *Promptuarium Sacrarum Anti-*
quitatum Tricassinæ Diœcesos, in quo
series Tricassinorum Episcoporum, cum
brevi rerum ab iisdem gestarum descrip-
tione ; Autore Nicolao Camusat, Tri-
cassino ; & Miscellanea historica ejus-
dem Diœcesos ab eodem collecta, cum
Auctuario. Augustæ-Trecarum 1610.
*in-*8°. *Camusat* produit dans ce Recueil de fort bonnes pieces, tirées
des Archives de l'Eglise de *Troyes*,
& de divers Monasteres du Diocèse,

auſquelles il a joint de ſçavantes &
curieuſes remarques.

3. *Hiſtoria Albigenſium, & ſacri*
belli in eos, anno 1209. ſuſcepti, duce
& principe Simone à Monte-forti, dein
Toloſano Comite, rebus ſtrenue geſtis
clariſſimo. Autore Petro, Cœnobii Val-
lis-Sarnenſis, ord. Ciſtercienſis in Pa-
riſienſi diœceſi Monacho, cruceatæ hu-
jus militiæ teſte oculato. Ex MSS. co-
dicibus in lucem nunc primum edita.
Trecis 1615. *in-8°.*

4. *Mélanges Hiſtoriques, ou Recueil*
de pluſieurs Actes, Traités, Lettres
miſſives, & autres Mémoires, qui peu-
vent ſervir en la deduction de l'hiſtoire
depuis l'an 1390. *juſques à l'an* 1580.
Eſt ajouté un ancien formulaire pour
les Secretaires du Roi, avec les Char-
tres expediées en faveur de leur Colle-
ge. Troyes 1619. *in-8°.* Il n'y a eu
qu'une édition de ces Mélanges,
quoique l'on voie quelques exemplaires, dont le Frontiſpice porte
l'année 1644. On y trouve des pieces fort curieuſes, & qui ne ſont
point ailleurs; c'eſt ce qui les fait
rechercher. Les Mémoires de *Mer-*
gey, qui ſont à la fin, paroiſſent y

avoir été ajoutés après coup, puif-
qu'ils font datés du 3. Septembre
1613.

Cet article eft tiré de fon Epitaphe.

E L I E V I N E T.

ELIE *Vinet* naquit vers l'an 1519.
de *Jean Vinet*, Laboureur, &
de *Collette Cate*, aux *Vinets*, petit
village de la paroiffe de *S. Médard*
fur la Riviere de *Ned*, en la Châ-
tellenie de *Barbefieux* dans la Sain-
tonge. C'eft ainfi qu'il nous inftruit
lui même du lieu de fa naiffance,
dans fon *Antiquité de Saintes*, où il
ajoute que ce village fe nommoit
les Planches, avant que fes ancêtres
y vinffent s'établir; & que ce fut
fon grand pere *François Vinet*, qui
quittant le pays où il demeuroit
près de *Montaigu* dans le Poitou,
alla en 1470. habiter dans ce nouveau canton, lequel fit changer fon
nom en celui des *Vinets*. On voit
par-là que *la Croix-du-Maine*, M.
de Thou, & d'autres après eux, qui
l'on fait naître à *Barbefieux* même,
fe font trompés.

Il fit fes premieres études dans
cette derniere Ville, & paffa enfuite
à *Poitiers*, où il les continua pendant quatre ans, avec beaucoup de
fuccès, & fe fit recevoir Maître-ès-
Arts.

Il retourna après cela à *Barbefieux*,
& s'y occupa quelque temps à in-
ftruire la jeuneffe, dans le deffein
d'amaffer quelque argent, pour faire le voyage de *Paris*, où il vouloit
aller fe perfectionner dans la con-
noiffance des Belles-Lettres, & des
Mathematiques, aufquelles il s'étoit
appliqué jufques-là.

André Govea, Principal du College de *Bourdeaux*, ayant entendu
parler avantageufement de lui, le
fit venir dans cette ville l'an 1541.
pour y Profeffer; ce qu'il fit pendant près de fix ans, comme il nous
l'apprend dans la préface de fa *Schola Aquitanica*. Au bout de ce temps,
c'eft-à-dire, en 1547. *Govea* ayant été
rappellé en Portugal par le Roi *Jean
III.* pour établir à *Conimbre* un College fur le modele de celui de *Bourdeaux*, *Vinet* l'y fuivit avec quelques
autres fçavans, que *Govea* avoit de-
bauchés.

T iiij

Le féjour qu'il fit en ce Royaume
ne fut pas long; car *Govea* étant mort
le 9. Juin de l'année fuivante 1548.
il retourna auffitôt après à *Bourdeaux*,
où il continua d'enfeigner les Belles-Lettres & les Mathematiques,
fous *Jean Gelida*, qui avoit été établi Principal du College.

Après la mort de celui-ci arrivée
le 19. Juin 1558. *Vinet* fut choifi
pour lui fucceder dans la place de
Principal, qu'il remplit avec beaucoup d'affiduité pendant 25. ans;
c'eft-à-dire, jufqu'en 1583. Ses infirmités le rendant alors peu propre
au travail & à la fatigue, on le de-
chargea des fonctions penibles de
cette charge, dont on lui conferva
feulement l'honneur, & le revenu,
jufqu'à fa mort.

Il mourut à *Bourdeaux* le 14. Mai
1587. âgé de 78. ans, & fut enfeve-
li avec beaucoup de pompe dans
l'Eglife de *S. Eloy*.

C'étoit un homme grave, rempli
des talens neceffaires pour l'inftruc-
tion de la jeuneffe, infatigable au
travail, aimant tellement l'étude,
que même pendant fa derniere maladie il ne paffa aucun jour fans lire

& fans faire des obfervations fur ce qu'il lifoit. Il a toûjours vêcu dans le célibat.

M. de *la Monnoye* dans fes notes Manufcrites fur les Bibliotheques Françoifes de *Du Verdier* , & de *la Croix-du-Maine* , dit qu'il mourut le 14. Mai 1586. fuivant la *Chroni-que Bourdeloife* de *Gabriel de Lurba.* Sur quoi il eft à remarquer que cet-te fauffe date ne fe trouve que dans la traduction Françoife de la *Chro-nique Bourdeloife*, où le nombre 1587. qui dans l'Original Latin eft à la marge à côté de l'article qui con-cerne la mort de *Vinet*, a été reculé par erreur dans la traduction à l'ar-ticle fuivant. Ce qui fait croire que celui qui précede , je veux dire celui de *Vinet*, appartient à l'année 1586.

C'eft auffi une faute dans les Elo-ges de M. *de Sainte-Marthe* d'avoir mis fa mort, *Pridie Idus Junii* , qui eft le 12. Juin, au lieu de *Pridie Idus Maii* , c'eft-à-dire , le 14. Mai.

Catalogue de fes Ouvrages.

1. *Theognidis Sententiæ, Græcè ; cum Latina interpretatione ad verbum , & fcholiis. Bafileæ* 1543. *in-*8°. La ver-fion de *Vinet* eft en profe ; elle a été

E. VI-
NET.

imprimée plusieurs autres fois depuis.

2. *La Sphere de Procle traduite du
Grec en François. Poitiers* 1544. *in-8°.*
It. *Paris* 1573. *in-8°.*

3. *La vie de l'Empereur Charle-
maigne, écrite en Latin par Eginhart,
son Chancelier, & traduite en François. Poitiers* 1546. & 1558. *in-8°.*

4. *C. S. Sidonii Apollinaris Opera castigata, & restituta per Eliam Vinetum.
Lugduni. Joan. Tornæsius* 1552. *in-8°.*

5. *C. Julii Solini Polyhistor restitu-
tus, & editus cum Indice. Pictavis.
Marnef.* 1554. *in-4°.* Cette édition
est estimée.

6. *Suetonii de illustribus Grammati-
cis & Rhetoribus libri duo editi, ad-
jecta ejus vita. Pictavii* 1556. *in-4°.*

7. *Procli Sphæra, ex versione Eliæ
Vineti. Paris.* 1557. *in-8°.*

8. *Eutropii Breviarium Historiæ Ro-
manæ emendatum & notis illustratum.
Pictavii* 1553. *in-8°.* It. *Basileæ* 1559.
in-8°. It. *Pictavii* 1564. *in-4°.* Et plusieurs autres fois.

9. *Sphæra Joannis de Sacrobosco
emendata, cum Scholiis. Paris.* 1556.
in-8°. It. *Lugduni* 1578. *in-8°.*

10. *Persii Satyrarum liber, cum scho-*

liis *antiquis, & Commentario Eliæ Vi-*
Morel 1601. *in-*4°.

11. *L'Antiquité de Bourdeaux &
de Bourg, preſentée au Roi Charles
IX. le* 13. *Avril* 1565. *Bourdeaux*
1565. in-4°. It. *Revûë, augmentée &
enrichie de pluſieurs figures. Bourdeaux*
1574. *in-*4°.

12. *L'Antiquité de Sainctes. Bourdeaux* 1571. *in-*4°. *pp.* 66. non chif-
frées. Avec une table des Matieres.
It. ſous cet autre titre : *Sainctes &
Barbeſieux. Bourdeaux in-*4°. ſans date & ſans Table.

13. *Auſonii Burdigalenſis liber de
Claris Urbibus, cum Commentario.
Pictavii. Marnef* 1565. *in-* 4°. *It. Bur-
digalæ* 1580. *in-fol. It. Ibid.* 1590. *in-*4°.

14. *Auſonii Burdigalenſis, omnia quæ
adhuc in veteribus Bibliothecis inveniri
potuerunt, Opera. Ad hæc Symmachi
& Pontii Paulini litteræ ad Auſonium
ſcriptæ ; tum Ciceronis, Sulpiciæ aliorumque quorumdam Veterum carmina
nonnulla. Cum Eliæ Vineti Commentariis ampliſſimis. Burdigalæ* 1575. 1590.
1604. *in-*4°. Ces deux dernieres éditions ont de plus que la premiere,
la vie & les Eloges de *Vinet, Joſephi*

*Scaligeri Ausonianarum Lectionum li-
bri duo ; & Burdigalensium Rerum
Chronicon , Autore Gabriele Lurbeo.*

15. *L. Flori Rerum Romanarum ex
Tito-Livio Epitoma , restituta & emendata. Pictavii* 1563. *in*-4°. Et dans
d'autres éditions.

16. *Censorinus de die natali emendatus & annotationibus illustratus. Ad-
jecto opusculo ipsius Vineti de Anni Ro-
mani Constitutione.Pictavii* 1568. *in*-4°.

17. *Pomponius Mela ad vetera exem-
plaria emendatus , cum animadversionibus. Paris.* 1572. *in*-4°. It. *Burdigalæ* 1582. *in*-4°.

18. *La maniere de faire les Solaires
ou Cadrans. Poitiers* 1564. *in*-4°. It.
Avec l'Ouvrage suivant. 1583. *in*-4°.

19. *L'Arpenterie,livre de Géometrie,
enseignant à mesurer les champs & plusieurs autres choses , divisée en sept livres. Bourdeaux* 1577.*in*-4°. It. *L'Arpenterie & la maniere de faire les Solaires ou Quadrans.* 2ᵉ. *Edition augmentée. Bourdeaux* 1583. *in*-4°.

20. *Prisciani Cæsariensis , Rhemnii
Fannii, Bedæ Angli, Volusii Metia-
ni , Balbi ad Celsum , libri de Num-
mis , Ponderibus , Mensuris , Nume-
ris , eorumque notis , & de vetere com-*

putandi per digitos ratione , ab Elia
Vineto emendati. Parif. 1565. *in-8°.*
It. Dans le onzieme volume des An-
tiquités Romaines de *Grævius.*

21. *Definitiones* 5. *& 6. Elementi*
Euclidis ab Elia Vineto Interpretatæ.
Burdigalæ 1575. *in-4°.*

22. *De Logiftica libri tres. Burdi-*
galæ 1573. *in-8°.*

23. *Schola Aquitanica. Burdigalæ.*
in-12. pp. 67. fans date. Ce font les
Reglemens du College de *Bour-*
deaux, dreffés par *Vinet.*

24. *Narbonenfium Votum , & Aræ*
dedicatio , infignia Antiquitatis Mo-
numenta, Narbonæ reperta anno 1566.
Commentario illuftrata ab Elia Vineto.
Burdigalæ 1572. *in-8°.*

25. *De Vita & Moribus Imperato-*
rum Romanorum Excerpta ex libris
Sexti Aurelii Victoris , ab Elia Vineto
emendata. Pictavii 1564. *in-4°.* It.
Edente Andrea Schotto cum Vineti
Notis. Antuerpiæ 1579. *in-8°.*

26. *Ciceronis fomnium Scipionis ,*
cum Eliæ Vineti Commentario. Burdi-
galæ 1579. *in-4°.*

27. *Michaelis Pfelli Syntagma in A-*
rithmeticam , Muficam & Geometriam,
Latinè. Ex Interpretatione Eliæ Vineti.

E. VI-
NET.

Paris. 1557. *in*-4°. It. *Turnoni* 1592. *in*-4°. *Vinet* n'a point traduit ce qui regarde l'Aſtrologie dans l'Ouvrage de *Pſellus*, parce qu'il trouvoit trop de fautes dans le texte de cet Auteur; il lui ſubſtitua la traduction de la ſphere de *Proclus*, dont j'ai parlé au N°. 7.

28. *Epiſtola ad Andream Schottum.* A la p. 475. de l'*Hiſpaniæ Bibliothe-cæ. Francofurti* 1608. *in*-4°.

V. *Gabr. Lurbei de illuſtribus Aqui-taniæ viris libellus. p.* 143. *Vita Eliæ Vineti.* Dans les Editions d'*Auſone* de 1590. & 1604. *P. Paſcalii Elogium Eliæ Vineti.* Au même endroit. Ces trois Eloges ſont exacts, & il y a dans chacun d'eux quelque choſe qui n'eſt pas dans les autres. Les pie-ces de vers qui accompagnent les deux derniers contiennent des loüan-ges vagues, qui n'apprennent rien. *Sanmarthani Elogia, lib.* 3. *Les Elo-ges de M. de Thou, & les Additions de Teiſſier.* Cela eſt bien ſuperficiel & peu exact.

F I N.

TABLE GENERALE

Des Matieres, qui ont été traitées par les Auteurs contenus dans les dix derniers volumes.

Le chiffre Romain marque le volume, & le chiffre Arabe la page.

A.

Tome XXX. V

V ij

B.

Boecc.

Tome XXX. X

C.

D.

E.

F.

F.

H.

　　　　　　　　　　　　　　　　He-

Tome XXX.   Z

Z ij

L.

M.

N.

O.

A. a. ij.

Tome XXX. B b

Q.

R.

S.

B b iiij

T.

W.

X.

—— Tra-

Fin de la Table generale des Matieres.

TABLE

ALPHABETIQUE

Des Auteurs contenus dans les trente Volumes de ces Mémoires.

Le chiffre Romain marque le Volume, & le chiffre Arabe la page ; & lorfqu'il eft renfermé entre deux crochets, il défigne les pages de la feconde édition du Volume.

A.

B.

                   Boni-

C.

D d iiij

D.

F.

G.

H.

I.

K.

L.

E e ij

N.

N.

Tome XXX. F f

O.

P.

F f iij

Q.

R.

S.

V.

W.

Z.

Fin de la Table Alphabetique des Auteurs.

TABLE

NECROLOGIQUE

Des Auteurs contenus dans les trente Volumes de ces Mémoires.

Le chiffre Romain marque le Volulume, & le chiffre Arabe la page.

I. Siecle.

Tite-Live. mort l'an 17. v. 156
Pline l'ancien. m. en 76. VII. 250

Tacite. (Corneille) m. à la fin de ce siecle ou au commencement du suivant. VI. 344

XI. Siecle.

Glaber. (Rodolphe) m. avant l'an 1100. XXVIII. 139

XII. Siecle.

Abelard. (Pierre) m. le 21. Avril 1142. IV. I

XIII. Siecle.

Girauld. (Silveftre) m. après l'an 1220. XXVI. 385

TABLE

NECROLOGIQUE

Des Auteurs contenus dans les trente Volumes de ces Mémoires.

Le chiffre Romain marque le Volu-lume, & le chiffre Arabe la page.

Tome XXX. G g

XVI. Siecle.

XVII. Siecle.

Bergier.

Tome XXX.   Iij.

Morin.

Tome XXX. K k

K k ij

K k iiij

Pagi.

XVIII. Siecle.

(a) On s'eft trompé dans fon article, en mettant fa mort en 1707.

Lim-

M m ij

Mm iiij

Fin de la Table Necrologique des Auteurs.

Défenses à toutes fortes de personnes de quelque qualité & condition qu'elles soient, d'en introduire d'impreffion étrangére dans aucun lieu de notre obéïffance ; comme auffi à tous Libraires, Imprimeurs & autres, d'imprimer, faire imprimer, vendre, faire vendre, débiter, ni contrefaire lefdits Memoires & Catalogue ci-deffus expofé, en tout ni en partie, ni d'en faire aucuns Extraits, fous quelque prétexte que ce foit, d'augmentation, correction, changement de Titre, ou autrement, fans la permiffion expreffe & par écrit dudit Expofant ou de ceux qui auront droit de lui, à peine de confifcation des Exemplaires contrefaits, de trois mille livres d'amende contre chacun des contrevenans, dont un tiers à Nous, un tiers à l'Hôtel-Dieu de Paris, l'autre tiers audit Expofant, & de tous dépens, dommages & interêts. A la charge que ces Préfentes feront enregiftrées tout au long fur le Regiftre de la Communauté des Libraires & Imprimeurs de Paris, & ce dans trois mois de la date d'icelles, que l'impreffion de ce Livre fera faite dans notre Royaume & non ailleurs, & que l'Impetrant fe conformera en tout aux Réglemens de la Librairie, & notamment à celui du 10. Avril 1725. & qu'avant de l'expofer en vente, le manufcrit ou imprimé qui aura fervi de copie à l'impreffion dudit Livre, fera remis dans le même état où l'Approbation y aura été donnée, és mains de notre très-cher & feal Chevalier Garde des Sceaux de France le fieur Chauvelin, & qu'il en fera remis deux exemplaires dans notre Bibliotheque publique, un dans celle de notre Château du Louvre, & un dans celle de notre très-cher & feal Chevalier Garde des Sceaux de France le Sr. Chauvelin, le tout à peine de nullité des Préfentes ; du contenu defquelles vous mandons & enjoignons de faire jouir l'Expofant ou fes ayans caufe pleinement & paifiblement, fans fouffrir qu'il leur foit fait aucun trouble ou empêchement. Voulons que la copie defdites Préfentes qui fera imprimée tout au long au commencement ou à la fin dudit Livre foit tenue pour dûëment fignifiée, & qu'aux copies collationnées par l'un de nos amez & féaux Confeillers & Secretaires,

foi foit ajoutée comme à l'original. COMMAN-
DONS au premier notre Huiſſier ou Sergent de
faire pour l'exécution d'icelles, tous Actes requis
& néceſſaires, ſans demander autre permiſſion,
& nonobſtant Clameur de Haro, Charte Norman-
de, & Lettres à ce contraires: CAR tel eſt notre
plaiſir. DONNE' à Paris le 28 Novembre l'an de
Grace mil ſept cens vingt-ſix, & de notre Regne
le douziéme, Par le Roi én ſon Conſeil.
                                    DE S. HILAIRE.

*Regiſtré ſur le Regiſtre VI. de la Chambre Royale
des Libraires & Imprimeurs de Paris, No. 530.
Fo. 421. conformément aux anciens Réglemens confir-
mez par celui du 28. Février 1723. A Paris le
3. Decembre 1726.*
                        Signé, VINCENT, Adjoint.

De l'Imprimerie de GISSEY.

www.ingramcontent.com/pod-product-compliance
Lightning Source LLC
Chambersburg PA
CBHW070548030726
47505CB00001B/209